【創造魔法】を覚えて、万能で最強になりました。2

クラスから追放した奴らは、そこらへんの草でも食ってろ！

A L P H A L I G H T

久乃川あずき
Kunokawa Azuki

アルファライト文庫

リルミル
特級錬金《れんきん》術師のハーフエルフ。「白薔薇《しろばら》の団」のリーダーを務《つと》める。
高崎由那《たかさきゆな》
七池高校二年A組の一人。優樹の幼馴染《おさななじみ》で、クラスで一、二を争《あらそ》う美人。魔族に捕《と》らえられ、魔物の力を与えられた。
水沢優樹《みずさわゆうき》
異世界に転移した七池高校二年A組の一人。怪我《けが》を理由にクラスから追放されるが、偶然《ぐうぜん》『創造魔法』を手に入れたことで運命が大きく変わっていく。
クロ
猫の獣人で、「神速の暗黒戦士」の異名《いみょう》をとるSランクの冒険者。

Main Characters
主な登場人物
ギルドール
亀のような姿の魔族。七魔将カリーネの副官として軍団の指揮を執《と》る。
比留川四郎《ひるかわしろう》
七池高校二年A組の一人。卑怯《ひきょう》な性格が災《わざわ》いして追放されたが、謎《なぞ》の力を得て舞い戻る。
黒崎大我《くろさきたいが》
七池高校二年A組の一人で、ボクシングの高校チャンピオン。七魔将カリーネの配下になり、特別な力を手に入れる。
ミルル
「銀狼の団」のリーダーを務めるSランク冒険者。語尾に「にゃ」をつけて喋《しゃべ》るのに、狼の獣人と人間のミックス。

七池高校 二年A組の生徒たち

氏 名（五十音順）	出席番号
秋原拓也 《あきはらたくや》	1
浅田瑞恵 《あさだみずえ》	2
甘枝胡桃 《あまえだくるみ》	4
笠松小次郎 《かさまつこじろう》	8
神代霧人 《かみしろきりと》	9
北野宗一 《きたのそういち》	11
久我山恵一 《くがやまけいいち》	14
黒崎大我 《くろさきたいが》	16
郷田力也 《ごうだりきや》	18
古賀恭一郎 《こがきょういちろう》	19
高崎由那 《たかさきゆな》	23
長島浩二 《ながしまこうじ》	25
羽岡百合香 《はねおかゆりか》	27
原口奈留美 《はらぐちなるみ》	28
姫川エリナ 《ひめかわえりな》	29
比留川四郎 《ひるかわしろう》	30
松岡亜紀 《まつおかあき》	32
水沢優樹 《みずさわゆうき》	33
南千春 《みなみちはる》	34
宮部雪音 《みやべゆきね》	35
（他十五名は死亡）	

プロローグ

僕――水沢優樹《みずさわゆうき》は三十四人のクラスメイトとともに異世界に転移した。

それから三ヶ月で十五人のクラスメイトが死に、ケガをした僕はクラスから追放されてしまった。

絶望《ぜつぼう》的な状況が変化したのは、僕が『創造魔法《そうぞうまほう》』を覚えたからだ。

創造魔法は万能の魔法で、強力な呪文でモンスターを倒すことができるし、美味《おい》しいハンバーガーを具現化《ぐげんか》することもできる。

そんな力を手に入れた僕にクラスメイトたちがすり寄ってきたけど、今さら遅《おそ》い。

あいつらは、そこらへんの草でも食ってればいいんだ！

僕は幼馴染《おさななじ》みの由那《ゆな》、猫の獣人《じゅうじん》クロといっしょに魔王ゾルデス討伐《とうばつ》のための行動を開始した。

白薔薇《しろばら》の団の錬金術師《れんきんじゅつし》リルミルと協力して、七魔将《ななましょう》のシャグールを倒した僕たちの次の目標は、ラポリス迷宮の主、ジュエルドラゴンだ。

ジュエルドラゴンは三千人以上の冒険者を殺した災害クラスのモンスターだ。きっと、危険な戦いになるだろう。

それでも、僕はやるんだ。ゾルデス討伐は、創造魔法を教えてくれたアコロンとの約束だから。

第一章　優樹と由那

僕と由那は、久しぶりに森の中にある家に戻ってきた。

ゆったりと風呂に浸《つ》かり、『コッコ壱番《いちばん》』のカレーライスを食べる。

コッコ壱番は日本で大人気《だいにんき》のカレー専門店だ。濃厚《のうこう》なソースと食欲をそそる香りで、海外の人にもファンが多い。

異世界に転移した僕がカレーライスを食べられるのは、創造魔法を使えるようになったからだ。

創造魔法は錬金術を超《こ》えた究極《きゅうきょく》の魔法で、何でもできると言ってもいい。元の世界の食べ物を具現化することもできるし、オール電化の家を建《た》てることもできる。攻撃呪文や回復呪文も使えるし、武器や防具も作れる。

欠点は、どんなことをするにも素材が必要になるってことだ。

食べ物ぐらいなら、手に入りやすい素材で具現化できるけど、強力な呪文を使うためには高価なレア素材――スペシャルレア素材が必要になる。

『幻魔《げんま》の化石』があれば、由那のモンスター化を治《なお》す呪文が使えるのにな。

僕は、幸せそうな顔でカレーライスを食べている幼馴染《おさななじ》みの由那を見る。

つやのあるセミロングの髪に色白の肌。唇は桜色《さくらいろ》で、ぱっちりとした目の下にはほくろがある。スタイルも良く、Tシャツの胸元が形良く膨《ふく》らんでいる。

由那の見た目は、以前とほとんど変わらないけど、元の世界に戻った時、まずいことになりそうだしな。パワーやスピードが人間離《ばな》れしてるし、時々、体に入ったサキュバスの血のせいで暴走《ぼうそう》するし。

僕の体に馬乗りになって微笑《びしょう》する由那の姿を思い出す。

正直《しょうじき》、何も考えずに由那の誘惑《ゆうわく》を受け入れたい気持ちになる。由那の体を抱《だ》きしめ、自分の思い通りにしたいと。

だけど、由那の僕への感情が恋愛的なものでないとしたら、そんなことをしてはいけない。

正常な判断ができる僕が自制しなきゃ。

「ん？　どうかしたの？」

由那が不思議そうな顔で僕を見つめる。

「あ、いや、何でもないよ」

僕は由那から視線をそらした。

サキュバスの力を抑《おさ》える特別なメガネをかけてもらってるとはいえ、由那の魅力《みりょく》はならないな。

こうやって、見つめられるだけで鼓動《こどう》が速くなる。

「ねぇ、優樹くん」

「んっ、何？」

「ラポリス迷宮に行くのは八日後だよね。それまでどうするの？」

「あーっ、そうだね」

僕は腕を組んで考え込む。

「とりあえず、森の中で素材集めかな。ヨタトの町では買えなかったレア素材もあるし」

その時――。

ドンドンと扉を叩《たた》く音が聞こえた。

「ん？　誰だろう？」

僕は扉に近づき、ドアアイで来訪者を確認した。

「あ……」

扉の前にいたのはヤンキーグループのリーダーである恭一郎《きょういちろう》と、クラス一の巨漢《きょかん》の力也《りきや》だった。二人の目の周りには黒いあざができている。

どうしたんだろう？

「……よぉ。優樹」

扉を開けた僕に、恭一郎が不機嫌《ふきげん》そうに挨拶《あいさつ》した。

「何か用なの？」

「……ああ。お前を呼んでこいって言われたんだ」

「誰が呼んでるの？」

「……四郎《しろう》だよ」

「四郎くんは追放されたんじゃなかったっけ？」

「そうさ。だが、肉を持ってきたんで、今は学校にいるんだ」

恭一郎は短く舌打ちをした。

「それで、四郎がお前と由那に話があるんだとさ」

「……その伝言を君たちが伝えにきたの？」

「別にいいだろ。誰が伝えにきても」

「ふーん……」

僕は恭一郎と力也を交互に見る。

変だな。力関係で考えると、四郎よりも恭一郎や力也のほうが強い立場のはずなのに。

体格だって違うし、四郎は運動神経がいいわけでもなかった。

「おいっ！　優樹」

力也が野太い声を出した。

「とにかく学校に来い！　事情はそこで説明してやる」

「……わかった。すぐに行くよ。君たちは戻ってていいから」

僕は扉を閉めて、由那に恭一郎の言葉を伝えた。

「一応、注意しててて。前の時みたいに何かやってくるかもしれない」

「うん。気をつけるよ」

由那は真剣な顔でうなずいた。

◇　◇　◇

由那といっしょに学校に行くと、運動場に十四人の元クラスメイトたちが集まっていた。

委員長の宗一《そういち》、副委員長の瑞恵《みずえ》、野球部の浩二《こうじ》、剣道部の小次郎《こじろう》、文学部の雪音《ゆきね》、料理研究会の胡桃《くるみ》、アニメ好きの拓也《たくや》、奈留美《なるみ》、千春《ちはる》、恵一《けいいち》、恭一郎、力也、亜紀《あき》。

そして、追放された四郎。

「やっと、来たね。きひっ」

四郎が甲高《かんだか》い笑い声をあげた。

身長は僕より五センチ低い百六十五センチ。髪はぼさぼさで目はくぼんでいる。着ているシャツとズボンはぼろぼろだった。

前に見た時より、痩《や》せてるな。追放されてから森の中を歩き回ってたせいか。

「……僕に用があるの？」

「うん。いろいろ話したいことがあってさ」

四郎は、だらりと細い腕を下げたまま、僕に歩み寄る。

「君、攻撃呪文が使えるって言ってたよね」

「それがどうかした？」

「本当かなぁ？」

四郎は首をかくりと曲《ま》げて、僕の顔を覗《のぞ》き込む。

「ウソだと思ってるんだ？」

「だって、一度も使ってないじゃないか。僕が君なら、魔法の力を見せつけて、みんなを支配するのに」

「支配したい気持ちなんてないからね」

僕は即答した。

「君とは考え方が違うんだよ」

「……ふーん。そんな言い方でごまかすんだね」

四郎は肩をすくめて、首を左右に振る。

「まあ、いいや。どうせ、すぐにわかることだし」

「すぐにわかる？」

「そうさ。僕と君が戦えばね」

「戦うって……」

僕は右手で頭をかいた。

「戦う気なんてないけど」

「逃げるのか？」

「戦うメリットがないからね」

「ほらね。委員長」

片方の唇の端《はし》を吊《つ》り上げて、四郎は宗一に視線を向ける。

「こいつは攻撃呪文なんて、使えないんだ。だから、強引に言うことを聞かせればいいんだよ」

「……そうかもしれないが」

宗一は眉間《みけん》にしわを寄せて、メガネのつるに触《ふ》れる。

「とにかく、僕が優樹に勝てたら、約束は守ってもらうから」

「約束って何？」

僕は四郎に質問した。

「僕が、この学校の王様になるってことだよ。きひっ」

四郎の口が三日月《みかづき》の形になる。

「本当はこんなことする必要はないんだけどね。クラスで一番強いのは僕って証明できてるし」

僕は恭一郎と力也の顔にあざがあったことを思い出した。

そうか。恭一郎と力也のあざは四郎がやったのか。

ってことは、四郎は何らかの能力を手に入れたんだな。そうでないと、四郎があの二人に勝てるわけない。

「じゃあ、優樹。王様として命令するよ。君にはこれから、僕の指示通りに食料を出してもらう」

「僕は、もうクラスメイトじゃないよ？」

「いいや。君にはクラスメイトに戻ってもらう。王様の命令は絶対だからね」

四郎は青黒い舌をだらりと出した。

「安心しなよ。由那もクラスメイトに戻すから。しかも、上級生徒としてね」

「上級生徒？」

「僕が考えたシステムだよ。クラスメイトを上級と下級に分けるんだ。僕の役に立つ生徒は上級にして、役立たずは下級にする。君は……そうだな。食料のことがあるから、上級にしてやるよ」

「……そんな制度に僕が従《したが》うと思ってるの？」

「従わないのなら、ケガをすることになるよ。しかも、今度は治らないケガをね」

「四郎くん……」

今まで無言だった由那が唇を動かした。

「それって、優樹くんをケガさせるってこと？」

「優樹が王様の言うことを聞かないならね」

四郎は由那を見て、好色《こうしょく》な笑《え》みを浮かべた。

「由那、君はわかってない。優樹よりも君にふさわしい男がいるってことを」

「それが自分って言いたいの？」

「そうさ。圧倒的な力を手に入れた僕こそが、君が尽《つ》くすべき男なんだよ。きひっ」

四郎は視線を僕に戻す。

「優樹。勝ったほうが由那を手に入れる。文句はないな？」

「いや、あるよ」

僕は四郎に反論した。

「由那は誰のものでもないし、僕は君と戦わないよ」

「みんなの前で恥《はじ》をかきたくないってことか」

「そう思うのなら、それでいいよ」

僕は一歩下がって、クラスメイトたちを見回す。

「僕にとって、みんなの評価なんてどうでもいいことだし、君が王様になりたいのなら、なればいいさ」

「僕が王様になることを認めるってことか」

「好きに決めたらいいよ。王様でも神様でも。僕には関係ないことだし」

「……なら、しょうがないな。君は二年A組の奴隷《どれい》にすることにしよう」

「奴隷？」

「そう。下級生徒よりも下の存在としてね」

四郎は腰を曲げて、一歩前に出る。

「みんな、ちゃんと見てろよ！　人間を超えた僕の力を！」

由那が腰に提《さ》げていた小さな斧《おの》を手に取った。

「由那、いいよ。僕がなんとかする」

由那が戦ったら、四郎を殺してしまうかもしれない。人間を……しかも、クラスメイトを殺すようなこと、由那にはさせたくない。

「やっと、やる気になってくれたんだね」

四郎は両足を軽く開いて、腰を落とした。

「安心しなよ。君は殺さない。殺したら、『マグドナルド』のハンバーガーが食べられなくなるからね。でも、手足は折らせてもらう」

喋《しゃべ》り終えると同時に四郎が突《つ》っ込《こ》んできた。

僕はダールの指輪に収納した『魔力《まりょく》キノコ』『一角狼の角《つの》』『光妖精《ひかりようせい》の髪の毛』『時蟲《ときむし》の粉』を組み合わせて、身体強化の呪文――『戦天使《いくさてんし》の祝福《しゅくふく》』を使用する。

一瞬、僕の体が青白く輝いた。

これでパワーとスピード、防御力が強化されたはずだ。

「きひひっ」

四郎が低い姿勢から、僕に殴《なぐ》りかかった。

僕は上半身をそらして、その攻撃を避《よ》けた。

「まだまだっ！」

四郎は体を沈《しず》め、右足で僕の足首を蹴《け》った。

パンと大きな音が響《ひび》く。

動きが速いな。しかもパワーもある。やっぱり、四郎は特別な力を手に入れたんだ。

「へーっ。僕の蹴りを受けても、まだ動けるんだ？」

四郎は両手の指の先を地面につけて、上唇《うわくちびる》を舐《な》めた。

「身体強化の呪文かな」

「わかるってことは魔法の知識があるんだ？」

「まあね。いろいろと教えてもらったから。きひっ」

低い姿勢のまま、四郎は上半身を揺《ゆ》らす。

「君が戦闘系の呪文を使えることは認めるよ。でも、この程度なら、僕のほうが上だ」

「そうかな？」

「そうさ。だって、僕は本気を出してなかったんだから」

四郎は両手を僕に向けた。白い手のひらが縦《たて》に裂《さ》けて、その部分から、全長一センチぐらいの黒い蟲《むし》が這《は》い出してきた。

その蟲はテントウムシのような形をしていて、目の部分が赤く輝いていた。

蟲は次々と手のひらの裂け目から出てきて、周囲を飛び始める。

二十匹……四十匹……百匹……。

不気味な蟲を見て、奈留美が悲鳴をあげた。

「なっ、何？　この蟲」

「『漆黒蟲《しっこくむし》』だよ。僕の言うことを聞いてくれるかわいい蟲さ」

四郎は目を細めて、羽音を立てている漆黒蟲を見上げる。

「じゃあ、続きを始めようか」

百匹以上の漆黒蟲が僕に襲《おそ》い掛かってきた。

空気を震《ふる》わせるような羽音を立てて、漆黒蟲が僕の周りを飛び回る。

その内の一匹が僕の顔めがけて突っ込んできた。

僕はぎりぎりのタイミングで、それを避ける。

「甘いよっ！」

四郎の声と同時に背中に痛みを感じた。どうやら漆黒蟲がぶつかってきたようだ。

百匹以上の蟲は面倒だな。だけど、創造魔法で作った魔法の服と身体強化の呪文のおかげでダメージは最小限だ。

僕は地面を転《ころ》がりながら、新《あら》たな呪文を使用した。

オレンジ色の炎のカーテンが周囲を飛んでいた漆黒蟲を焼いた。

「その程度の呪文っ！」

四郎は手のひらから漆黒蟲を出しつつ、僕に走り寄った。

四郎の右手の指がカマキリの鎌《かま》のような形に変化した。その指が僕の両目を狙《ねら》う。

僕は上半身をそらしながら、『魔銃零式《まじゅうぜろしき》』を手に取った。ダールの指輪の中に収納していた『ゴム弾』を装填《そうてん》して引き金を引く。

銃声が響き、四郎の腹部に三発のゴム弾が命中した。

一瞬、四郎の動きが止まった。

その間に、僕は四郎から距離《きょり》を取る。

「……へーっ。なかなかいい武器だな」

四郎は腹部をさすりながら、にやりと笑う。

「普通の人間なら動けなくなりそうだけど、今の僕には効《き》かないなぁ」

「みたいだね」

僕は四郎に銃口《じゅうこう》を向けたまま、数歩下がる。

「その銃……少しは警戒《けいかい》してたんだけどな。この程度か」

四郎は肩をすくめて、口角《こうかく》を吊り上げる。

「いや、僕が強くなりすぎたのかな。きひっ」

「……君の指。カマキリの鎌みたいだね」

「あーっ。これも僕の手に入れた能力の一つだよ。カッターナイフよりもよく切れるよ」

「そんな危険な指で僕の目を狙ったんだ？」

「別にいいだろ？　目が潰《つぶ》れても死ぬことはないし」

四郎はカマキリの鎌のような指をカチカチと動かす。

「ここは異世界なんだし、お前を失明させたって、警察には捕《つか》まらないしさ。殺されないだけ、有り難《がた》く思うといいよ」

「……君の考えは、よくわかったよ」

僕の口から暗い声が漏《も》れた。

「じゃあ、続きを始めようか。今度は手加減しないからね。きひっ」

四郎は手のひらを僕に向ける。

僕はダールの指輪から『通常弾』を魔銃零式に装填して、引き金を引いた。

バンと大きな音がして、四郎の左手を銃弾《じゅうだん》が貫通した。

「があああああっ！」

四郎は顔を歪《ゆが》めて、左手を押さえた。

赤黒い血がぽたぽたと地面に落ちる。

「なっ……何だよ。さっきと違うじゃないか！」

「前の三発はゴム弾だったからね。これは通常弾だよ」

僕は銃口を四郎の胸元に向ける。

「ゴブリンはこれ一発で死ぬし、人間も死ぬだろうね。胸や頭に当たったら」

「ふっ……ふざけるなよ」

四郎の顔から汗がだらだらと流れ出した。

「お前……こんなことしていいと思ってるのか？」

「別にいいだろ。警察には捕まらないしさ」

僕は四郎の言葉を使った。

「それに君は僕の目を狙った。なら、自分がケガさせられても文句はないよね？」

「ぐ……」

四郎は歯をぎりぎりと鳴らした。

「で、どうするの？　続きをやる？」

「……くそっ」

四郎は左手を押さえたまま、ゆっくりと後ずさる。

「覚えてろよ、優樹。この恨《うら》みは絶対に忘れない！」

「僕のことなんか忘れて、手に入れた力を自分のために使いなよ。そのほうが幸せだと思うよ」

「……いらつかせること言いやがって」

四郎は校門に向かって歩き出した。

数十匹の漆黒蟲もその後をついていく。

よりにもよって、粘着質《ねんちゃくしつ》の四郎が特別な力を手に入れるとはな。

僕と由那に関わらずに、みんなと仲良くやってればいいのに。

僕は頭をかきながら、深くため息をついた。

「優樹くん、大丈夫？」

由那が心配そうな顔をして僕の腕に触れる。

「問題ないよ。蟲の攻撃を背中に受けたけど、ダメージはないから」

僕は由那に笑顔を向ける。

「四郎は蟲を操《あやつ》れるし、パワーやスピードもアップしてたけど、あれぐらいなら、創造魔法の力で対処できるよ」

「……よかった」

メガネの奥の由那の瞳が揺れる。

「優樹……」

委員長の宗一が僕に歩み寄った。

「その銃……オモチャじゃなかったんだな？」

「うん。ちゃんと殺傷《さっしょう》能力があるよ」

僕は腰に提げた革ケースに魔銃零式を戻す。

「他に銃はないのか？」

「ないよ。これ一つだけかな」

「ならば、その銃を僕たちに渡してもらおう」

「……は？」

一瞬、宗一の言葉が理解できなかった。

銃を渡す？　宗一は何を言ってるんだろう？

「……どうして、僕が君たちに銃を渡さないといけないの？」

「君は魔法を使えるじゃないか」

宗一は右手でメガネの位置を調整する。

「その銃は特別な力を持たない僕たちが使うべきだ」

「そうよっ！」

副委員長の瑞恵が宗一に同意した。

「その銃があれば、鳥や猪《いのしし》も簡単に狩《か》れるでしょ。ゴブリンを殺すことだってできるし」

「その通りだけど、君たちに渡す理由がないよ。これは僕が作った武器だから」

「作った？　ってことは何丁も作れるの？」

「素材があればね」

その言葉に、みんなの瞳が輝いた。

「おいっ！　優樹」

野球部の浩二が僕の肩を掴《つか》んだ。

「素材があれば、俺たち全員が銃を装備《そうび》できるんだな？」

「できるけど、君たちのために銃を作る気はないよ」

「はあっ？　何でだよ！」

浩二が眉《まゆ》を吊り上げる。

「それぐらいやってくれてもいいだろっ！　俺たちが死んでもいいのかよ？」

「君たちは、僕が死んでもいいって思ってたんだろ？」

僕は低い声で言った。

「ケガをしていた僕を、役立たずと言って君たちは追放した。何の能力も持ってなかった僕をね」

「それは……」

浩二はもごもごと口を動かす。

「あの時は四郎に乗せられたんだよ」

「その後も、君から『役立たずの追放者くん』って言われたんだけど？」

「いっ、いや……」

「気にしなくていいよ。たしかに僕は役立たずだったのかもしれないし」

僕は元クラスメイトたちを見回す。

「君たちは役立たずを見捨てるんだろ？　なら、僕だって同じことをやってもいいよね？」

「俺たちが役立たずだって言いたいのか？」

「うん。僕は魔法で料理が出せる。オーガを殺せる攻撃呪文も使えるし、武器だって作れる。君たちは何ができるの？」

「……」

浩二は無言になった。

代わりに自己中心的でヒステリックな奈留美が口を開く。

「優樹くん！　いい加減にしてよ！　あなたは強いんだから、弱い私たちを守るべきでしょ」

「僕の追放に賛成した君の言葉とは思えないな。あの時、僕はケガをした弱者だったよ」

「でも、私は女子なのよ！　女子を守るのが男子の義務じゃないの？」

「守りたい女子なら命がけで守るよ。でも、君を守りたいとは思わない」

僕はきっぱりと言った。

「私たちが四郎くんと仲良くしてもいいのね？」

「もちろんいいよ。四郎くんは王様になりたがってたし。今の四郎くんなら、食料集めで役に立つんじゃないかな。オーガにも勝てそうな能力だったし」

「だけど、四郎は『すき野家《のや》』の牛丼が出せねぇだろ！」

巨漢の力也が言った。

「俺はすき野家の牛丼が食いたいんだ。たまごと味噌汁《みそしる》をつけてな」

「僕はビッグマグドが食べたいよ」

アニメ好きの拓也が口を開く。

「もう、野草のスープとぱさぱさの鳥肉はイヤなんだ！」

「なぁ、優樹」

剣道部の小次郎が僕に近づいてきた。

「お前は俺たちと仲良くしようと思ってないのか？」

「追放される前は思ってたよ」

僕は暗い声で答える。

「でも、今はそんな気持ちになれないな」

「そうか……それなら、しょうがないな」

突然、小次郎が革ケースから魔銃零式を抜き取り、銃口を僕に向けた。

「動くなよ、優樹。そして、由那もな」

小次郎は魔銃零式を構えたまま、ゆっくりと距離を取る。

「お前を殺す気はない。だが、俺たちには従ってもらうぞ」

「……どうやって?」

僕は冷静な声で小次郎に質問した。

「お前と由那を監禁《かんきん》する。別々の場所にな。そして、俺たちの言うことを聞かないのなら、この銃を使わせてもらう」

「銃には弾丸が必要だよ?」

「最悪一発でもいいんだよ。お前たちを大人《おとな》しくさせられればな」

小次郎は針《はり》のように目を細める。

「なあ、優樹。お前はいい奴だよ。四郎よりはな。あいつは王になって、俺たちを支配しようとしていた。自分に都合のいいルールを作って」

「支配か……」

「そうだ。だが、お前はそんなことしなかった。理不尽《りふじん》に男を殴ったりしないし、女を抱くこともなかった」

「それなのに僕に銃を向けるんだ？」

「仕方ないだろ。お前が俺たちに協力しないからな」

小次郎は由那を警戒しながら、さらに一歩下がる。

「いいか。まずは、この銃を十二丁渡せ。もちろん、弾丸つきでだ」

「上手《うま》くやったな、小次郎！」

恭一郎が僕に近づく。

「バカな奴だ。素直に俺たちの言うことを聞いてれば、対等の立場でいられたのにな」

「これからは違うってこと？」

「そうだ。お前は捕虜《ほりょ》になったんだよ」

恭一郎は作業用のカッターナイフをポケットから取り出す。

「小次郎！　由那が少しでも動いたら、優樹を撃《う》て！」

「ああ……わかってる」

小次郎が僕から視線を外《はず》さずに口だけを動かした。

「いいか、優樹。まずは、学校の電気を使えるようにしろ。そして食い物だ」

「断《ことわ》ったら？」

「その時は痛い目に遭《あ》うことになるな」

恭一郎は親指を動かしてカッターの刃を出す。

「俺だって、こんなことはしたくねぇんだ。暴力はキライじゃねぇが、お前は役に立つからな」

「僕なんて、いないと思ってくれればいいのに」

「それは無理だな」と宗一が言った。

「僕たちは君の能力を知ってしまった。元の世界の食べ物を出せて、電気を使うことができる。それが、この異世界でどれだけ重要なことか」

「だから、僕を監禁して、能力を使わせるってことか」

「みんながそれを望んでるからな」

宗一は、ふっと息を吐き出す。

「優樹の監禁に反対する者はいないだろ？」

「当たり前よ」

副委員長の瑞恵が叫ぶように言った。

「クラスメイトに戻ることを拒否《きょひ》したのは優樹くんじゃない。それなら、監禁されても文句は言えないはずよ」

「そうね」とヤンキーグループの亜紀が同意する。

「クラスメイトじゃないのなら、捕虜にしても問題ないし。私たちのために働いてもらおうよ。四郎よりも絶対役に立つしさ」

数人の元クラスメイトたちが、大きく首を縦に動かす。

その時――。

「まっ、待って！」

文学部の雪音が右手をあげた。

「こんなこと、止めたほうがいいよ」

「はぁ？　何言ってんの！」

自己中心的な奈留美が雪音の肩を掴んだ。

「あんた……前に由那を監禁しようとした時だって、反対しなかったじゃない。今さら、いい子ちゃんぶりたいってこと？」

「そんなんじゃないよ。だけど、最初に優樹くんを追放したのは私たちだし、優樹くんは悪くないと思う……から」

雪音の声が小さくなった。

「私……後悔《こうかい》してる。優樹くんを……いや、クラスメイトを追放したこと。そんなことしたらダメだったんだよ」

「無駄《むだ》よ、雪音。そんなこと言っても、優樹くんは私たちを許さないから」

「わかってる！　だけど、これ以上、恥《は》ずかしい真似《まね》はしたくないの」

体を小刻《こきざ》みに震わせて、雪音は言葉を続ける。

「私は優樹くんの追放に賛成した。優樹くんが教室から出ていく時、拍手《はくしゅ》もした。そんな自分が許せなくて……」

「じゃあ、あなたは反対でいいわよっ！　他に反対する人いる？」

奈留美はクラスメイトたちを見回す。

「……いないみたいね」

「ああ。結論は出たようだ」

宗一が低い声で言った。

「拓也っ！　倉庫からロープを持ってきてくれ。それで優樹と由那を縛《しば》るぞ」

「あっ、ちょっと待って！」

僕は結《むす》んでいた唇を開く。

「みんなの考えはよくわかったよ。それで、僕から話したいことがあるんだ」

「……何だ？」

「今さら、すごく言いにくいんだけど……」

「何だ？　さっさと言えよ」

「実はさ、その銃に弾は一発も入ってないんだ」

「……はぁっ？」

元クラスメイトたちが驚《おどろ》きの声をあげた。

「弾が入ってない？」

小次郎が自分が持つ魔銃零式を見つめる。

「うっ、ウソつくな。まだ、四発しか撃ってないはずだぞ」

「その銃は別の場所から弾丸を装填できるんだ」

僕は頭をかきながら、説明を続ける。

「連続で撃つこともできるけど、もともと、通常弾は一発でいいと思ってたからさ」

「……弾が入ってないのなら、お前を撃ってもいいってことだな？」

「いいよ。もちろん」

「……くっ」

小次郎は僕の足に向けて、引き金を引いた。

カチ……カチ……カチ……。

何度引き金を引いても、弾は出ない。

「あ……」

「銃を返してもらえるかな」

僕は小次郎に右手を差し出した。

「あ……ああ……」

小次郎は口を半開きにしたまま、僕に魔銃零式を渡す。

僕はダールの指輪からゴム弾を装填して、引き金を引いた。

バンと音がして、恭一郎が持っていたカッターナイフが弾《はじ》け飛んだ。

「こんな感じで、別の場所から弾丸を装填できるんだ」

「おっ、お前っ！」

恭一郎が僕を指さした。

「何でさっさと言わねぇんだよ！」

「ごめん。みんなが喋り出したから、話す機会がなくて」

って、何で僕は謝《あやま》ったんだろう？

「えーと……で、どうするの？　僕は銃を取り戻したし、攻撃呪文が使えるのも見たよね？」

「あ……いや」

宗一の額《ひたい》から滝《たき》のような汗が流れ出した。

「監禁は……ちゅ、中止にする」

「そうだね。どうせできないし」

僕は元クラスメイトたちを見回す。

「それで、僕はこれからどうすればいいのかな？」

「どうすれば？」

「うん。捕虜にされて監禁される可能性があるのなら、先に攻撃したほうがいい気がするけど？」

僕は銃口を宗一に向けた。

「まっ、待て！」

宗一は慌《あわ》てて後ずさりする。

「ぼっ、僕たちは君を殺すつもりはなかったぞ」

「監禁されて、捕虜にされるのは構わないってことだね？」

「……いっ、いや」

宗一の頬《ほお》がぴくぴくと動く。

「まあ、雪音さんを除《のぞ》くみんなが、僕を捕虜にすることに賛成したみたいだから」

「こんなの卑怯《ひきょう》よ！」

奈留美が叫んだ。

「わざと銃を取られたふりをして、私たちを騙《だま》すなんて」

「そんなつもりはなかったけど、仮にそうだとしても何か問題あるのかな？」

「あるわよ！　優樹くんが銃を持ったままなら、私、監禁に反対してたし」

「……そうだろうね」

どうも、奈留美と話してると感覚がおかしくなる。こんなこと言って、僕が納得すると思ってるんだろうか？　会話にならない。

「せっかくの機会だし、みんなに言っておくよ」

僕は淡々《たんたん》とした口調《くちょう》で言った。

「自分たちがされたらイヤなことはしないほうがいい。それでもやるのなら、同じ目に遭った時に文句を言うべきじゃない」

みんなの目を見ながら、僕は言葉を続ける。

「覚悟しておくんだね。次に僕や由那に危害を加えようとしたら、銃を使うから」

「まっ、待てよ！」

浩二が口を開いた。

「銃なんか使われたら、死ぬかもしれないじゃないか」

「死んでいいよ」

無言だった由那が口を開いた。

「みんな、優樹くんに迷惑《めいわく》ばっかりかけてるんだから」

メガネの奥の目を細めて、由那は腰に提げた小さな斧を手に取る。

その斧が、長さ二メートル以上の巨大な斧に変化した。

「なっ、何だよ！　その斧は？」

浩二が由那の持つ巨大な斧を指さす。

「めちゃくちゃデカくなったじゃないか」

「優樹くんが作ってくれた魔法の斧だからね」

由那は片手で斧を横に振った。

ブンと音がして、浩二の前髪が揺れる。

「あのね、浩二くん。私、もう、モンスターを何百体も殺してるんだ。ゴブリンもオーガも……そしてドラゴンも」

「どっ、ドラゴン？」

「そう。最初は抵抗があったよ。相手がモンスターでも生き物を殺すのは。だけど、もう、覚悟を決めたんだ。優樹くんの敵は誰だって殺すって」

「お、俺たちも殺すっていうのか？」

「ダメなの？」

「ダメに決まってるでしょ！」

副委員長の瑞恵が声をあげた。

「私たちは人間なのよ！　人間を殺す気なの？」

「別にいいでしょ。ここは異世界なんだし」

由那はくるりと斧を回して、刃を瑞恵に向ける。

「みんなだって、私たちを監禁して捕虜にしようとしてるんだし」

「まっ、待て！」

宗一が声をあげた。

「由那！　落ち着け。モンスターを殺すのと人間を殺すのは違う」

「同じだよ。敵なら」

メガネの奥の由那の瞳が金色に輝いた。

「優樹くんの敵は誰だって殺す。そう決めたの」

「……ぼ、僕たちは優樹の敵じゃない！」

「敵だから、監禁して捕虜にしようとしたんでしょ？」

由那は斧を斜《なな》めに傾《かたむ》け、両足を軽く開く。

「大丈夫。一瞬で死ぬから、痛くないよ」

「あ……」

宗一の顔から色が消えた。

「……本気で僕を殺すのか」

「うん。委員長だけじゃなく、みんなもね」

由那は元クラスメイトたちを見回しながら、桜色の唇を動かす。

「だから、寂《さび》しくないよ。運動場にお墓も作ってあげるから」

「わっ、わかった！　僕たちが間違ってた！」

宗一は両手と両膝《りょうひざ》を地面につけて、頭を下げた。

「もう、君たちを監禁しようなんて思わない。絶対に！」

「……本当に？」

「もちろんだ。みんなもそうだよな？」

「あ……ああ」

小次郎が何度も首を縦に動かす。

「お前たちには、もう逆《さか》らわない。約束する」

「わかったよ」

僕は宗一の前に立った。

「委員長。僕は由那に人殺しをさせたくないんだ」

「あ……ああ。そうだよ……な」

宗一は汗だらけの顔を僕に向ける。

「だから、今回は君たちの言葉を信じるよ」

「そっ、そうか。よかった」

「でも……」

僕は言葉を止めて、元クラスメイトたちを一人ずつ見る。

「次に君たちが悪意ある行動を取ったら、僕がみんなを殺すから」

その言葉に、元クラスメイトたちの表情が硬《かた》くなる。

「理解してくれたかな？」

「……ああ。わかった」

宗一の口元がぴくぴくと動いた。

これだけ脅《おど》せば、大丈夫だろう。僕や由那の力も見せたし。

「じゃあ、僕たちは家に帰るよ。いろいろとやらなきゃいけないことがあるから」

僕は斧を構えている由那の腕に触れた。

「行こうか、由那」

「うん」と由那は返事をして、斧を小さくする。

僕と由那はみんなに背を向けて校門に向かう。

「これでみんなも反省するかな」

「そうだといいけど……」

由那は、ふっと息を吐く。

「雪音は大丈夫だと思う。でも、他のみんなはわからないよ。喉元《のどもと》過ぎれば熱さを忘れるタイプが多いから」

「かもしれないな」

僕は由那の横顔を見つめる。

それにしても、本気で怒ってる由那は迫力《はくりょく》あったな。

「んっ？　どうかしたの？」

由那が足を止めて僕と視線を合わせる。

「あ、いや。やっぱり由那は笑顔のほうがかわいいなって」

「え……」

由那の顔が真《ま》っ赤《か》に染《そ》まる。

「……優樹くん。突然、そんなこと言うの反則だよ」

「ごっ、ごめん」

僕は慌てて由那に謝った。

◇　◇　◇

その日の夜、僕はエアコンが効いた部屋でベッドに寝転《ねころ》んでいた。

円形の窓から外を見ると、巨大な月に薄い雲がかかっている。

明日は雨かもしれないな。その時は家でゆったり過ごすか。たまには休んだほうがいいだろうし。

　コンコンとドアがノックされ、由那が部屋に入ってきた。

　由那はクリーム色のパジャマを着ていて、ピンク色のスリッパを履《は》いていた。

「んっ？　どうかしたの？」

「ちょっと、話がしたくて……」

　由那はベッドの端に腰を下《お》ろす。

「あ、あのね。学校で私のこと、『かわいい』って言ってくれたよね？」

「あ……」

　一瞬で、僕の顔が熱くなった。

「う……うん。変なこと言ってごめん」

「ううん。私は嬉《うれ》しかったの。かわいいって言われて」

　メガネの奥の瞳が揺らめく。

「でも、優樹くんが、そう思ったのって、サキュバスの血のせいかもって考えちゃって」

「……それは違うと思う」

　僕はゆっくりと首を左右に振る。

「由那のこと……かわいいって思ったことは、元の世界にいた頃から、よくあったから」

「そうなの？」

「君は自分の魅力がわかってないよ。由那を見たくて他のクラスの男子が教室を覗いてたこと、知らないだろ？」

「え？　そんなことあったの？」

由那は開いた口に右手を寄せる。

「僕が知ってるだけでも三回以上はね」

「そういうのって、エリナさんが目的だと思ってた」

「たしかにエリナも美人だよ。でも、僕は由那のほうが……」

「私のほうが？」

「……とっ、とにかく、サキュバスの血のせいで言った言葉じゃないから」

僕は由那から視線をそらして、呼吸を整《ととの》える。

数十秒の沈黙《ちんもく》の後、由那が僕に体を寄せた。形の良い胸が僕の腕に当たる。

「……由那？」

「うん。ちょっと変な気持ちになってるんだ」

由那は僕の太股《ふともも》に白い手を置いた。

「でも、大丈夫だよ。前みたいに自分を抑えられないわけじゃないから」

「そっ、それならいいんだけど……」

「ねぇ。優樹くんは私が変になっても治せる呪文を使えるよね？」

「うん。ダールの指輪に素材が入ってるから」

僕は右手の指にはめたダールの指輪を見せる。

「それ……今日は使わないで欲しいんだ」

「……どういうこと？」

「前の時は、私の息で無理矢理動けなくしたから」

由那は僕に顔を近づけた。

「今度は優樹くんがイヤならしないよ。だけど、もし、イヤじゃなかったら、また、同じことしたいな」

「同じことって……」

僕は何時間も由那に指を舐められたことを思い出す。

「イヤかな？」

由那の質問に僕のノドが動いた。

「……イヤ……じゃないかも」

「あ……」

由那の顔がぱっと明るくなった。

「ありがとう、優樹くん」

「……いや。お礼を言われることじゃないし」

僕は由那から視線をそらす。

心臓の鼓動が速くなって、口の中がからからに渇《かわ》く。

由那がメガネを外《はず》す音が聞こえた。

「優樹くん……私を見て」

脳内に響くような声が聞こえる。

首を動かすと、由那と視線が合う。

美しい夜の湖のような瞳に僕は吸い込まれそうになった。

「……口……開けて」

「……」

僕は命令に従うロボットのように、ゆっくりと口を開く。

桜色の由那の唇が僕の唇に近づき――。

暖《あたた》かい息が僕の口の中に入り込んだ。

◇　◇　◇

同時刻、巨大な月に照《て》らされた森の中に四郎はいた。

四郎の周囲には五体のゴブリンの死体が転がっていて、その死体に漆黒蟲がむらがっている。

グチュ……グチュ……グチュ……。

漆黒蟲が肉を噛《か》み切る音が聞こえてくる。

「……ふん。ゴブリンごときが僕に刃向《はむ》かいやがって」

四郎は優樹に撃たれた左手を見る。手にはクモの糸のようなものが巻きついていた。

「こんな傷……すぐに治してやる」

そう言って、視線を自分の腹部に向けた。

「どういうことだよ？」

「……」

「おいっ！　聞こえてるんだろ？」

四郎は汚《よご》れたシャツをめくりあげる。

へその部分に鶏《にわとり》の卵ぐらいの大きさの顔があった。

その顔は青白く、耳や鼻や髪の毛がなかった。目は赤く、わずかに開いた口からは尖《とが》った歯が見えている。

「起きてるじゃないか。どうして、返事をしないんだ？」

四郎が腹部の顔を人差し指で突く。

「……どうした？」

老人のような声が小さな顔から聞こえてきた。

「どうしたじゃない！　何で蟲の力を手にいれた僕が負けるんだよ？」

「……ほう。負けたか」

小さな顔の首が伸《の》び、ヘビのように四郎の体を這う。

「どうやって負けた？」

「変な銃で撃たれたんだ！」

「銃とは何だ？」

「小さな金属を飛ばす武器だよ。バルズ」

「……なるほど。異界のマジックアイテムか」

小さな顔――バルズが尖った歯をカチカチと鳴らした。

「なかなか、強力な武器のようだな。面白《おもしろ》い」

「面白くなんかないっ！」

四郎は白いヘビのような姿をしたバルズに文句を言った。

「何だよ！　蟲の力ってこの程度なのか？　ドラゴンを倒せるんじゃないのかよ？」

「まだ、強き蟲が育ってないからな。あやつらが育てば、お前が負けることはない」

「育つのに何日かかるんだ？」

「お前次第だ」

バルズは尖った歯が並ぶ口を動かした。

「お前が多くの肉を喰《く》えば、体内の『幼蟲』は育つ。だから喰え！　血の滴《したた》る生肉《なまにく》をな」

「……ああ。喰ってやるさ。優樹に勝てるのなら、どんな肉だって。きひっ」

四郎はゴブリンの死体を見下《みお》ろして、甲高い笑い声をあげた。

第二章　白薔薇の団とジュエルドラゴン

僕と由那はヨタトの町の北門の前で、獣人のクロと合流した。

クロの外見《がいけん》は直立する黒猫で、背丈《せたけ》は百三十センチぐらいだ。腰に茶色のベルトを巻いて、中東風の青色のズボンを穿《は》いている。

見た目はゆるキャラっぽいけど、『神速《しんそく》の暗黒戦士《あんこくせんし》』の二つ名を持つSランクの冒険者だ。

「シュークリームだ！」

クロは僕の顔を見るなり、そう言った。

「シュークリームをよこせ！」

「九日ぶりに会ったのに、最初のセリフがそれ？」

僕はあきれた顔でクロを見る。

「仕方ないだろ。シュークリームの栄養分は俺が生きるために必要なものだ」

「わかったよ。ちょっと待ってて」

僕はダールの指輪に収納してある『魔力キノコ』と『滋養樹《じようじゅ》の葉』を組み合わせて、銀座の洋菓子店『パラディ』のシュークリームを具現化した。

「おおーっ！　これだ。夢にまで見た極上《ごくじょう》の菓子……」

クロは僕からシュークリームを受け取り、一口食べる。

「あぁ……体中にシュークリームの愛が広がっていく」

うっとりとした表情でクロはつぶやいた。

シュークリームの愛が何かはわからないけど、クロが喜んでるならいいか。

「集まってるわね」

背後から幼い女の子の声が聞こえてきた。

振り返ると『白薔薇の団』のリーダー、リルミルがいた。

ハーフエルフであるリルミルは、見た目が十歳ぐらいだ。髪は茶色のツインテールで瞳も茶色。白地に金の刺繍《ししゅう》をした服を着ている。特級の錬金術師で、白薔薇の団の団員たちの武器や防具を作っていた。

「準備は大丈夫？」

「うん。戦闘に使えそうな素材をたくさん手に入れたから」

僕はダールの指輪をリルミルに見せる。

「で、そっちの人選はどうなったの？」

「サポートも含めて八十人ね。今回は私も行くから」

「え？　君も？」

「ダンジョン攻略は頭のいいリーダーが必要だからね」

リルミルは自分の頭を人差し指で軽く叩く。

「戦闘のほうは、Sランクのプリムを連《つ》れていくから」

「『神弓《しんきゅう》のプリム』がいっしょなら心強いな」

ウサ耳の弓使いプリムは、Sランクだけあって相当強い。七魔将シャグールの軍隊と戦った時も百体以上のモンスターを倒していた。

「他にもAランクの団員が二人いるし、あなたと由那がSランクレベルなら、なんとかジュエルドラゴンと戦えるはずよ」

「なんとか、か……」

「相手は災害クラスのモンスターだからね。楽勝ってわけにはいかないわよ」

「それでも手伝ってくれるんだ？」

「あなたには団員を助けてもらった恩もあるし、ラポリス迷宮にはお宝がいっぱいあるからね。それにクロ様といっしょにいられるし」

リルミルはシュークリームを食べているクロを見て、頬を赤らめる。

「じゃあ、早速、出発しましょ。馬車を用意してあるから」

僕たちはリルミルといっしょに、多くの馬車が並んでいる広場に向かった。

◇◇◇

僕たちは馬車に乗ってヨタトの町を出発した。

ラポリス迷宮は北の森の中にあり、森の手前までは馬車で移動できるらしい。

馬車の窓から外を見ると、一面に広がる草原を全長五メートル以上の亀がのろのろと歩いている。

やっぱり、ここは異世界なんだな。あんなに大きな亀が町の近くにいるなんて。しかも、そのことに誰も騒《さわ》ぐことはない。多分、よくある光景なんだろう。

この世界のことを、もっといろいろと知っておかないとな。

当分、元の世界に戻ることはできそうにないし。

◇◇◇

そして、七日後。

僕たちは崖《がけ》の下にあるラポリス迷宮に到着した。

入り口の前は平地になっていて、数十のテントが設置してあった。

どうやら、他の団の冒険者が先に入っているようだ。

「先客がいるみたいだ」

僕のつぶやきにリルミルが口を開く。

「ええ。しかも顔見知りのね」

テントの中から出てきた二十代の男を見て、リルミルの眉がぴくりと動いた。

男の身長は百八十センチを超え、金色の鎧《よろい》を装備していた。髪は赤色で肌は褐色《かっしょく》。頬には十字の傷がある。

「『金龍《きんりゅう》の団』のリーダーでSランクの冒険者のベルドラムよ」

リルミルは近づいてくる男の名を口にした。

「遅かったな。リルミル」

ベルドラムは白い歯を見せて、リルミルに声をかけた。

「とりあえず、まずは、おめでとうと言っておくか」

「おめでとう?」

リルミルが首をかしげる。

「七魔将シャグールのことだよ。アクア国の兵士と組んで、見事に倒したそうじゃないか。これで白薔薇の団の名声がさらに上がったな」

「……まだ、金龍の団の実績《じっせき》には届かないから」

「まだ……か」

ベルドラムは肩をすくめる。

「まあ、調子に乗るのもわからなくはないな。神速の暗黒戦士クロが団員になったようだし」

「それは違うぞ」とクロが言った。

「俺たちは白薔薇の団に入ったわけじゃない。逆に協力してもらってるだけだ」

「してもらってる？」

「そうだ。俺の入ってるパーティーの実績を作りたくてな」

「パーティーねぇ」

ベルドラムの視線が僕と由那に向いた。

「ずっとソロでやってたお前がパーティーに入るなんて、どういう風の吹き回しだ？」

「シュ……いや、神の導きとでも言っておくか」

クロがすっとまぶたを閉じた。

「それより、お前こそ、何故《なぜ》、ここにいる？」

「もちろん、ラポリス迷宮の攻略だ。この迷宮は危険だが、名声とダール文明のお宝が手に入るからな」

「……偶然《ぐうぜん》ではないいな？」

「情報屋から話を聞いたのさ。白薔薇の団がラポリス迷宮攻略の準備をしてると。だから、俺たち金龍の団が先に動くことにしたんだ」

「これ以上、白薔薇の団が名声を得ると困る……か」

クロは白い爪《つめ》で頭部の耳をかく。

「まあな。人気が先行してる団が金龍の団より上だと思われるのは、どうも納得がいかねえし」

「人気が先行？」

ウサ耳のプリムがピンク色の眉を吊り上げた。

「それって、白薔薇の団は実力がないって言いたいの？」

「いやいや。実力は認めてるさ」

ベルドラムは笑いながら首を左右に振る。

「だが、実力以上に人気が高いのも事実だからな。お前たちの団は女の団員が九割以上だし、見た目重視《じゅうし》なんだろ？」

「そんなわけないでしょ！」

プリムが声を荒《あら》らげる。

「うちの団はSランクが二人いるし、Aランクだって五人いるんだから」

「こっちは俺を含めてSランクが四人に、Aランクは十人以上いるぜ」

「……数より質のほうが大事だから」

「質なら、俺たちのほうがもっと上だろ」

「そうだな」

背後のテントから、背丈が二メートルを超える獣人が姿を現した。

顔は狼で全身が銀色の毛に覆《おお》われている。上半身は裸でダークグリーンのズボンを穿いていた。

「『銀の狂戦士《きょうせんし》』……ゾルド」

プリムの顔が強張《こわば》った。

「おう。俺の二つ名を知ってるとはな。嬉しいじゃねぇか」

獣人――ゾルドが尖った牙を見せて笑った。

「迷宮攻略なんてやめてよ。俺と遊ばねぇか。二人っきりでよぉ」

「冗談《じょうだん》っ！　ウサギと狼なんて、相性《あいしょう》最悪だから！」

プリムは眉間にしわを寄せる。

「リルミル」

ベルドラムが口を開いた。

「お前たちは来たばかりで準備が終わってないだろ。だから、俺たちが先に入らせてもらうぜ」

「気をつけることね」

リルミルがベルドラムをにらみつけた。

「ラポリス迷宮の主、ジュエルドラゴンは災害クラスのモンスターよ。もし、あなたが死んだら、金龍の団は解散になるんじゃないの？」

「『黄金の槍使《やりつか》い』ベルドラムが死ぬ？　面白い冗談だ」

ベルドラムは目を細くして微笑する。

「あんたらにとっては残念なことだろうが、こっちは精鋭《せいえい》百二十人を揃《そろ》えたんだ。ジュエルドラゴンを倒す手も考えてある」

「どんな手？」

「それは言えねぇな」

ベルドラムは右手の人差し指を立てて、それを左右に動かす。

「まあ、あんたらは後からゆったりと探索《たんさく》するといい。安全になったラポリス迷宮をな」

ベルドラムがいなくなると、リルミルが舌打ちをした。

「まさか、金龍の団が動くとはね。面倒なことになったわ」

「どうするの？」とプリムがリルミルに質問した。

「このままだと、ジュエルドラゴンが倒されちゃって、ここまで来た意味がなくなるよ？」

「そうならないように、私たちも速攻で準備するしかないわね。急ぐわよ」

リルミルがそう言うと、白薔薇の団の団員たちは慌ててテントを張り始めた。

結局、僕たちがラポリス迷宮に入ったのは八時間後だった。

睡眠《すいみん》と食事の時間が必要だったからだ。

メインのパーティーは、僕、由那、クロ、プリムの四人。サブのパーティーが四つで十人ずつ。残りの三十六人がサポートに回ることになった。

メインのパーティーを四人にしたのは僕の提案だ。

僕を含めて四人までなら、転移呪文で迷宮の外に脱出できるからだ。

僕以外にも転移呪文を使える者はいるらしいけど、魔力の消費が大きくて詠唱《えいしょう》時間が長いから、戦闘中の脱出は困難らしい。こういうところでも創造魔法のすごさがわかる。素材さえあれば、詠唱なんて必要ないんだからな。

白く輝く石が散《ち》らばった迷宮の中を一時間ほど進むと、縦横《たてよこ》百メートルを超える巨大な空間に出た。

四方の壁《かべ》には無数の穴が開いていて、中央には白いテントがいくつか張ってある。

多分、金龍の団のテントだろう。

「さて、ここからが本番ね」

リルミルが額に浮かんだ汗をぬぐった。

「この中層まではルートもわかってたし、危険なモンスターもいない。でも、ここからは違う」

「ゴーレムがいるんだよね？」

僕の質問にリルミルがうなずく。

「侵入者《しんにゅうしゃ》を殺すことが目的のゴーレムが何千体もうろついてるわ」

「ゴーレムって、誰かが操ってるイメージがあるんだけど？」

「個体が意思を持って動いてることもあるの。ラポリス迷宮のゴーレムは意思持ちのほうね」

リルミルはツインテールの髪に触れながら、左右の眉を中央に寄せる。

「見た目もバラバラで、オーガより大きくて強い個体もいるわ。ゴーレムに殺された冒険者も多いから、注意して」

「オーガよりも大きくて強い……か」

僕は渇いた口の中で舌を動かした。

ここはセーブのできるゲームの世界じゃない。死ねば終わりの現実なんだ。それなりの準備はしてきてるけど、油断は禁物だな。

リルミルから遠話《えんわ》ができるマジックアイテム『音箱《おとばこ》』を受け取り、僕、由那、クロ、プリムは迷宮の奥に進んだ。

細く曲がりくねった穴の中を歩き続けると、円形の広い場所に出た。

奥に八人の冒険者が倒れていて、さらにその奥に背丈が二メートル近いゴーレムが五体立っていた。

ゴーレムの体はダークブルーで、岩が積《つ》み重《かさ》なったような姿をしていた。目、鼻、口はなく、顔の部分には赤い宝石が埋《う》め込まれていて、両手にそれぞれハンマーを持っている。

「ちっ！　あいつら、逃げ損《そこ》なったな」

クロが舌打ちをして、左右の爪を長く伸ばす。

「まだ、生きてるかもしれん。助けるぞ！」

「わかった！」

僕たちは五体のゴーレムに向かって走り出した。

最初にゴーレムに攻撃を仕掛けたのはクロだった。神速の動きでゴーレムに近づき、顔の宝石を伸びた爪で突く。

甲高い音がして、爪が弾き返された。

すぐにゴーレムが反撃する。左右のハンマーをクロに向かって同時に振り下ろした。

「舐めるなっ！」

クロは両手を地につけ、本物の猫のような動きでゴーレムの攻撃を避ける。

ゴーレムがクロを取り囲もうとした時、由那が手前にいたゴーレムに巨大な斧を振り下ろした。

ガラスが割れるような音とともにゴーレムの宝石が砕《くだ》ける。

「ギ……ギギ……」

頭部を破壊されたゴーレムは立ったまま、その動きを止めた。

赤い宝石が弱点みたいだな。それなら……。

僕は魔銃零式を手に取り、『エクスプローダー弾』を装填する。

近づいてきたゴーレムに銃口を向け、引き金を引いた。

弾丸が赤い宝石に突き刺さると同時に爆発した。赤い宝石が粉々《こなごな》になって周囲に散らばる。

「いいぞ。優樹っ、由那！　お前たちがゴーレムを仕留《しと》めろ！　プリムは……」

「わかってるって！」

クロの言葉をさえぎって、プリムは魔法の矢を放った。

青白い矢がゴーレムの足に当たり、その部分が凍《こお》りついた。

動けなくなったゴーレムの頭部を由那の斧が潰す。

よし！　これで残り二体だ。

僕はクロが注意を引いているゴーレムに向かって引き金を引く。

側面から当たった銃弾が爆発して、赤い宝石が砕けた。

残りは……。

視線を動かすと、最後の一体のゴーレムを由那の斧が叩き潰していた。

「よくやったな。優樹、由那」

クロが僕の腰を肉球で叩く。

「お前たちのおかげで楽にゴーレムを倒せた」

「いや、クロがゴーレムの注意を引いてくれたおかげだよ」

僕は呼吸を整えながら、倒れている冒険者たちに近づく。

彼らは全員死んでいた。

ダメだったか。少しでも息があれば、回復の呪文でなんとかなったかもしれないのに。

「……仕方ないな」

クロが普段より低い声を出す。

「こいつらは金龍の団とは違うパーティーのようだ」

「他のパーティーも潜《もぐ》ってるんだね」

「多くの宝が眠《ねむ》ってる迷宮だからな」

クロはわずかに目を細めて、冒険者たちの死体を見下ろす。

「だが、小さな油断で宝よりも大事な命を失うこともある」

「そう……だね」

僕は左手のこぶしを強く握《にぎ》る。

今回は簡単にゴーレムを倒せたけど、次はどうなるかわからない。

もっと強いゴーレムもいるだろうし、ターゲットのジュエルドラゴンは災害クラスのモンスターだからな。

みんなの命を守るためにも、創造魔法を使える僕が頑張《がんば》らないと。

◇◇◇

二日後、僕、由那、クロ、プリムは地底湖の前にいた。

遠話ができるマジックアイテムの『音箱』で中層にいるリルミルに連絡を取る。

紫色の小さな箱からリルミルの声が聞こえてきた。

「……じゃあ、地底湖までのルートに、もうゴーレムはいないのね？」

「一応、目に見える範囲ではね。二百体以上は倒したから」

僕はリルミルに状況を説明した。

「了解。なら、サブのパーティーのうち二つを、そっちに向かわせるから」

「うん。僕たちは先に進むよ。何かあったら、また連絡する」

通話を終えると同時に、地響きが聞こえてきた。

湖面が揺れ、天井からパラパラと岩の破片《はへん》が落ちてくる。

そして――。

「ギュイイイイーッ！」

甲高い鳴き声が奥の穴から聞こえてきた。

もしかして、この声は……。

「ドラゴンの鳴き声だな」

クロが頭部の耳をぴくぴくと動かす。

「ラポリス迷宮にいるドラゴンは一体のみのはず。つまり」

「ジュエルドラゴンだね」

「ああ。行くぞ！」

僕たちは鳴き声がした方向に走り出した。

曲がりくねった通路を進むと、今までで一番広い場所に出た。

左右の壁は二百メートル以上離れていて、奥は目で確認できない。高さは五十メートル以上あるだろう。

そして、積み重ねられた骨の山の手前に、ソレはいた。

全長二十メートルを超えるドラゴンは、全身がキラキラと輝く青白いウロコに覆われていた。背中の部分には赤、青、黄、緑、紫色の宝石がトゲのように飛び出している。

長く伸びた首の上にある頭部には枝分かれした角が二本生《は》え、額には七色に輝く宝石が埋め込まれていた。

何て美しいドラゴンなんだ。手足の爪も赤い宝石でできているかのように輝いている。

クロが僕の腕に触れる。

「よし！　考えていた作戦で行くぞ」

「クロがおとりをやる間に僕が『毒弾《どくだん》』を使う手だね」

「そうだ。毒が効けば、後は逃げ回ればいい。まずはそれを試《ため》す。由那とプリムはサポートを頼《たの》むぞ。状況によっては穴に隠《かく》れて、サブのパーティーと合流する」

僕、由那、プリムは同時にうなずいた。

まずはクロが動いた。姿勢を低くして、右回りにジュエルドラゴンに近づく。

距離は、まだ二百メートル以上離れている。

ジュエルドラゴンは僕たちに気づいていないのか、頭を下げてまぶたを半分閉じている。

僕は魔銃零式に毒弾を装填した。

前にドラゴンと戦った時、毒弾は効いた。だけど、今回は災害クラスのモンスターだ。

ウロコも硬そうだし。

クロが攻撃を仕掛けた後に僕も動く。一気に近づいて……。

「動くな！」

突然、野太い男の声が背後から聞こえた。

振り返ると、そこには銀色の毛に覆われた獣人、銀の狂戦士ゾルドがいた。

ゾルドの横では、三人の冒険者がプリムの体を拘束《こうそく》している。

「……どういうことですか？」

僕は低い声でゾルドに質問した。

「安心しろ。お前たちがじっとしてればケガをすることもない」

ゾルドは白い牙を見せて笑った。

「ゾルドっ！」

金龍の団の団員たちに短剣を突きつけられたプリムがゾルドをにらみつける。

「こんなことしていいと思ってるの？」

「獲物《えもの》の取り合いで揉《も》めることぐらいよくあるだろ」

「はあっ？　取り合いって、私たちのほうが先にジュエルドラゴンを見つけたじゃん！」

プリムがゾルドをにらみつける。

「いーや。俺たちのほうが先に見つけてたぜ」

「ウソよ！　こっちは五分以上前から、ここに来てたんだから」

「俺たちは十分以上前からだぜ」

ゾルドが牛のように大きな舌を出した。

「そういうことだ」

ゾルドの背後から金龍の団のリーダー、ベルドラムと五十人以上の冒険者が姿を見せた。

「ジュエルドラゴンは俺たちが倒す。文句は言わせないぞ」

「おい！　ベルドラム」

クロが黒い毛を逆立《さかだ》てて、戻ってきた。

「俺たちの獲物を横取りする気か？」

「まだ、お前たちの獲物じゃないだろ。戦っていたわけでもねぇしな」

ベルドラムは肩をすくめた。

「第一、お前たちは四人しかいないじゃねぇか。ジュエルドラゴン相手にサポートもなしで戦うのはありえないぜ」

「四人でも勝算はある」

「Eランク二人が混じったパーティーでか？」

「そうだ」とクロが答える。

「優樹も由那もSランクの実力があるからな」

「……ほーぅ」

ベルドラムは僕と由那に視線を動かす。

「仮にこいつらがSランクだったとしても、ジュエルドラゴンを倒すには数が足《た》りねぇ。それに、もう、こっちの準備は終わったからな」

ベルドラムは数百メートル先にいるジュエルドラゴンを指さす。

その周囲を金龍の団の団員たちが囲んでいた。

「言っておくが、助力は必要ないぞ」

ベルドラムは腰に提げていた黄金色《こがねいろ》の筒《つつ》を手に取った。

その筒が長く伸び、槍の形に変化する。

「お前たちはここで見てろ。金龍の団にジュエルドラゴンが倒されるところをな。行くぞ、ゾルド！」

「じゃあな。ウサ耳」

ゾルドがプリムに手を振りながら、ベルドラムの後についていく。

「あいつら……」

プリムが小刻みに体を震わせた。

「こんなことするなんて、ありえない！　冒険者ギルドに報告してやるから」

「無駄だ」とクロが言った。

「この程度なら、冒険者ギルドの査問《さもん》会議にかからない。お前もケガしてないしな」

「でもっ、私たちが先にジュエルドラゴンを見つけたんだよ！」

「その判断が難《むずか》しいからな。今、思えば、俺が強引に攻撃を仕掛けておけばよかったか」

クロは牙を鳴らして、離れていくベルドラムをにらみつける。

「あいつら、ジュエルドラゴンに殺されてしまえばいいんだ」

プリムは怒りの表情で足元にあった小石を蹴り上げる。

相当、怒ってるな。まあ、気持ちはわかる。僕だって、金龍の団のやり方にいらついてるし。

僕は五十人以上の団員に指示を出しているベルドラムを見つめた。


ベルドラムが右手を高く上げると、魔道師らしき十人の団員が呪文の詠唱を始めた。

数十秒後、ジュエルドラゴンの巨体を灰色の霧《きり》が包んだ。

すぐにジュエルドラゴンが異変に気づく。

長い首を動かし、尖った歯が並ぶ口を開いた。

「ギュイイイーッ！」

甲高い鳴き声をあげて、ジュエルドラゴンが美しい四つの翼を広げた。

その翼に数十の矢が突き刺さる。

「よし！　『ヘビーミスト』の呪文が効いてるうちに攻《せ》めるぞ！」

ベルドラムが声をあげると、剣を持った団員たちがヘビーミストの呪文で動きが鈍《にぶ》くなったジュエルドラゴンに攻撃を仕掛けた。

「いくぜ！　宝石野郎っ！」

ゾルドが巨体を揺らしてジュエルドラゴンに走り寄り、長さが百五十センチを超える大剣を青白いウロコに叩きつけた。

甲高い金属音とともにウロコが割れた。

「おらおらおらおらっ！」

ゾルドは大剣を振り続ける。周囲にいる団員たちも、先端《せんたん》が黒く濡《ぬ》れたロングソードをジュエルドラゴンに突き刺した。

ロングソードに毒を塗ってるんだな。僕たちと基本の作戦は同じか。

人数も五十人以上いるし、魔道師のサポート呪文もいい。これなら、ジュエルドラゴンを倒せるかもしれない。

「いいぞ！　その調子だ！　金龍の団の本気を見せてやれ！」

「うおおおおおっ！」

ジュエルドラゴンの周囲を囲んでいた団員たちが雄叫《おたけ》びをあげて突っ込んでいく。

その時――。

ジュエルドラゴンの背中から突き出していた赤、青、黄、緑、紫色の宝石が強く輝いた。

五色の光線が団員たちの体を貫《つらぬ》く。

「キュウウウウウ！」

ジュエルドラゴンが四枚の翼を小刻みに振動させると、黄白色《おうはくしょく》の光が灰色の霧をかき消す。

前脚《まえあし》の赤い爪が正面《しょうめん》にいた数人の団員の体を引き裂いた。

「そ、そんな……」

魔道師の男が掠《かす》れた声を出す。

「くそがあああっ！」

ゾルドが大剣を振り下ろす。ジュエルドラゴンの赤い爪が砕けた。

「次はお前の首を斬《き》って……」

ゾルドの巨体を青色の光線が貫く。

「ぐっ……」

一瞬、ゾルドの動きが止まる。

「こっ……この程度で……」

「引くなっ！　今が好機だ！」

ベルドラムが叫んだ。

「光線の攻撃は連続では使えないはずだ。今こそジュエルドラゴンを」

「キュウウウウウーッ！」

脳内に直接響くような鳴き声とともにジュエルドラゴンの背中の宝石が輝く。

直後、数百本の光線が団員たちの体を貫通した。

「あ……」

ベルドラムの口が大きく開いたまま、停止した。

「これは無理だな」

僕の隣《となり》でクロがつぶやく。

「今の攻撃で団員の数が半数以下になった。しかも、ジュエルドラゴンはかすり傷しか負《お》ってない」

「うん。毒も効いてないね」

暴《あば》れ回るジュエルドラゴンに視線を向けたまま、僕は口を動かす。

「霧の呪文も消されたみたいだし、逃げたほうがいいと思う」

「だが、ベルドラムは、まだやる気のようだ」

「みたいだね」

ジュエルドラゴンに突っ込んでいくベルドラムを見て、僕は唇を強く結んだ。

「ここが勝負所だ！」

ベルドラムは黄金の槍を両手で握り締《し》め、ジュエルドラゴンに突っ込んだ。

黄金の槍の先端が白く輝き、ジュエルドラゴンのウロコに深く突き刺さる。

「ゾルドっ！　殺《や》れっ！」

「ぐおおおっ！」

ゾルドが雄叫びをあげ、ジュエルドラゴンの正面に立つ。

「死ねっ！　宝石野郎！」

ゾルドの大剣がジュエルドラゴンの腹部を斬った。赤い血が噴《ふ》き出し、ジュエルドラゴンの動きが止まる。

「今だっ！　全てを出し切ってジュエルドラゴンを倒せ！」

ベルドラムの言葉に、二十数人の団員たちがジュエルドラゴンに突っ込む。

「キュイイイイッ！」

ジュエルドラゴンが四枚の翼を広げて、ふわりと浮き上がった。

同時に背中の宝石が放射状に光線を発する。

団員たちが次々と倒され、ジュエルドラゴンの尖ったしっぽの先端がゾルドの体に突き刺さった。

ゾルドの体が十数メートル飛ばされ、骨が積み重なった山にぶつかった。

「があ……っ……」

ゾルドの胸元から大量の血が流れ出し、大きく開いた目から輝きが消えた。

「ギュアアアアッ！」

一瞬、宙に浮かんだジュエルドラゴンが笑ったような気がした。

既《すで》に金龍の団の団員は七人まで減《へ》っていた。

ベルドラムは呆然《ぼうぜん》とした顔で、ジュエルドラゴンを見上げている。

これが災害クラスの実力か……。

僕の口の中がからからに渇いた。

あれだけ大きな体なのに動きは鈍《にぶ》くないし、五色の光線の攻撃は周囲を取り囲んだ敵を一掃できる。しかも、連続で使えるから隙《すき》もない。毒にも耐性があるし、回復能力もありか。

ジュエルドラゴンの腹部の傷が塞《ふさ》がっているのを見て、僕は奥歯を強く噛んでいた。

さらに二人の団員が倒されると、ベルドラムは撤退《てったい》を指示した。

炎の矢の呪文でジュエルドラゴンを牽制《けんせい》しながら、穴の中に逃げ込もうとする。

このままじゃ、間に合わない。

僕は魔銃零式を手に取り、銃口を斜め上に向けた。

ダールの指輪の中に収納していた『発光弾《はっこうだん》』を装填して、引き金を引く。

銃声が響き、空中で発光弾が強い輝きを放った。

ジュエルドラゴンの動きが、一瞬、止まる。

そのわずかな間に、ベルドラムたちは穴の中に逃げ込んだ。

「優《やさ》しいのね」

プリムが僕に声をかけた。

「ターゲットを奪《うば》われたのに、ベルドラムを助けてあげるなんて」

「人が死ぬところを、これ以上見たくなかったから」

倒れている金龍の団の団員たちを見て、僕は息を吐き出す。

「優樹！　俺たちも穴の中に隠れるぞ」

クロが言った。

「奴の戦い方もわかったし、作戦の練《ね》り直しだ」

僕たちは穴に向かって走り出した。

◇　◇　◇

狭《せま》い穴の中で、僕はダールの指輪の中に入っている素材を確認した。

新しい呪文を作るために必要な『魔石《ませき》』はあるし、レア素材もいいものがそろってる。

問題はどんな呪文を作るかだ。毒は効かないと考えたほうがよさそうだし。

プリムが僕の耳に唇を寄せた。

「リルミル様から連絡があったよ。もうすぐ、サブのパーティーがここに来るって」

「じゃあ、戦力は増えるね」

「うん。でも、二十人増えたぐらいじゃ意味ないかも。金龍の団は五十人以上で攻めて、あの結果だから」

プリムは側《そば》にあった岩に腰を下ろし、頭部に生えたウサギの耳に触れる。

「背中の宝石の攻撃はヤバいよ。後ろからも攻めにくいし」

「そうだな」とクロがうなずく。

「しかも、毒は効かないし回復能力もある。倒すのは厳《きび》しいかもしれん」

「ねえ、優樹。何かいい手はないの？」

プリムが僕の腕を人差し指で突いた。

「ジュエルドラゴンを一発で粉々にできる呪文とかさ」

「洞窟《どうくつ》の中だから、強力な攻撃呪文は使えないよ。天井や壁が崩《くず》れるかもしれないし」

「あーっ、それはまずいか」

「まあ、他の呪文でジュエルドラゴンの動きを止められるかもしれない」

「そんな呪文があるの？」

「今から作るんだよ。創造魔法を使ってね」

僕はダールの指輪の中にある魔石を使って、新しい呪文のレシピを作り始めた。

数時間後。

「準備はいいか？」

クロが片膝《かたひざ》をついている僕の背中を叩いた。

「うん。問題ないよ」

僕は数百メートル先にいるジュエルドラゴンを見ながら、首を縦に動かす。

「ならば、作戦通りに動くぞ」

「気をつけて。おとりをやるクロが一番危険だから」

「安心しろ。神速の暗黒戦士の二つ名は伊達《だて》じゃない」

クロは白い牙を見せて笑うと、僕に背を向けて走り出した。

「じゃあ、私も行くよ」

プリムが銀色の弓を手にして、僕の前に出る。

「ジュエルドラゴンを倒した後は、フルーツパフェだからね」

「わかってる。プリムも気をつけて」

僕は隣にいる由那の肩に触れる。

「由那。君は僕といっしょに動いて」

「うん。守りはまかせて」

由那は小さな斧を握り締める。

僕は穴の入り口に集まっている二十人の団員たちに視線を向ける。団員は二十代の女性が多く、特級錬金術師のリルミルが作った武器を装備していた。

「皆さんは、僕が合図するまで動かないでください」

団員たちは一斉にうなずく。

何にしても、新しく作った呪文次第だな。上手くいけば、一気に全員で攻めることができる。

その状況を僕が作らないと。

数分後、まずはクロが動いた。素早い動きでジュエルドラゴンに近づき、僕が創造した魔法の手榴弾《しゅりゅうだん》を投げる。

大きな爆発音がして、ジュエルドラゴンの青白いウロコにひびが入る。

「キュイイイイッ！」

甲高い鳴き声をあげて、ジュエルドラゴンが長い首を動かした。血のように赤い目がクロをにらみつける。

「悪いがお前には死んでもらう」

クロはジュエルドラゴンの頭部を見上げて話しかける。

「お前も多くの冒険者たちの命を奪った。ならば、自分が殺されても文句はないだろう」

「ギィイイイ！」

ジュエルドラゴンは右の前脚を上げ、斜めに振り下ろした。

クロは転がりながら、その攻撃をかわす。

「ドラゴンにしては速いが、俺には当たらん」

にやりと笑って、クロはジグザグに下がる。

それを追って、ジュエルドラゴンが動き出した。

「よし！　こっちも動くよ」

僕は由那といっしょに走り出す。

百メートル以上の距離を一気に駆《か》け抜け、背後からジュエルドラゴンに近づく。

プリムの魔法の矢がジュエルドラゴンの目に突き刺さった。

「ギュウウウウ！」

ジュエルドラゴンの背中の宝石が輝きを増した。

宝石の攻撃か。そうはさせないっ！

射程《しゃてい》は……この位置ならいけるか。

僕はダールの指輪に収納してある素材を組み合わせて、新しく作った呪文『マジックタール』を使用する。

ジュエルドラゴンの頭上に、直径五メートルの黒い球体が具現化された。

その球体が針の刺さった風船のように破裂《はれつ》して、黒い液体がジュエルドラゴンに降《ふ》りかかる。粘着性のある液体が背中の宝石を包む。

一本の光線が積み重なった骨の山に当たり、ガラガラと音を立てて崩れた。

しかし、光線の攻撃はその一つだけだ。マジックタールの呪文が効果を発揮《はっき》してるな。

魔力を吸収するタールで背中の宝石を包む作戦は上手くいったみたいだ。

「由那っ！　残りの宝石を」

「まかせといて！」

僕が喋り終える前に由那が動いた。

一気にジュエルドラゴンに駆け寄り、しっぽに飛び乗り、さらにそこからジャンプする。

巨大化した斧が光線を発した宝石を砕いた。

よし！　これで光線の攻撃は使えなくなったはずだ。

僕は右手を高く上げて、後方にいる白薔薇の団の団員たちに合図した。

団員たちがマジックアイテムの武器を手にして、ジュエルドラゴンに攻撃を仕掛けた。

二十人の団員たちはジュエルドラゴンの側面にロングソードを突き立てる。

「キィイイイイ！」

ジュエルドラゴンは四枚の翼を広げようとしたが、どろどろのマジックタールが、その動きを制限する。

「いけるよっ！」

プリムが魔法の矢を連続で放ちながら叫んだ。

「こいつは空に逃げられない。今が攻め時だからっ！」

「おおーっ！」

団員たちが気合《きあい》の声をあげた。

僕は魔銃零式にエクスプローダー弾を装填して、引き金を引く。

ジュエルドラゴンの翼の付け根にエクスプローダー弾が当たり、爆発する。

「これで終わりじゃないよ！」

僕はジュエルドラゴンの側面に回り込みながら、エクスプローダー弾を打ち続ける。

青白いウロコにめり込んだ銃弾が次々と爆発した。

「ギュウウウーッ！」

ジュエルドラゴンの巨大なしっぽが六人の団員の体を弾き飛ばした。

倒れた団員たちを守るように、由那が巨大な斧を構える。

同時にクロが動いた。振り上げたジュエルドラゴンの前脚に飛び乗り、ノドの部分を両手の爪で斬り裂く。

「ギュアアァ！」

血を噴き出しながら、ジュエルドラゴンは前脚を振り回す。

さらに二人の団員が五メートル以上飛ばされる。

強いな。エクスプローダー弾を十発以上撃ったのに、動きが鈍らない。

僕はダールの指輪に収納した弾丸を確認する。

七魔将のシャグールを倒した特別製の弾丸は、レア素材が足りなくて作れなかった。仮に作れたとしても、この巨体なら何発も打ち込まないとダメだろう。

だけど、他にも強力な弾丸は用意してある。

僕は『蒼冷石《そうれいせき》』と『雪蟲《ゆきむし》の粉』、『メラム鉱石《こうせき》』を組み合わせて作った『魔冷弾《まれいだん》』を魔銃零式に装填する。

体全体は無理でも……。

銃口をジュエルドラゴンの後ろ脚に向けて、連続で引き金を引く。

三発の魔冷弾が青白いウロコに突き刺さり、右の後ろ脚が凍りつく。

「ギッ……キュ……」

ジュエルドラゴンの動きが止まった。

「ここで決めるぞっ！」

クロが叫ぶと、魔法を使える団員たちが次々と火球の呪文を放つ。

ジュエルドラゴンの頭部に火球が当たり、枝分かれした角が折れた。

「キュウウウウウウ」

ジュエルドラゴンは怒りの声をあげて、前脚としっぽを振り回す。

由那が両足を大きく開いて、斧を斜めに振り上げた。

ジュエルドラゴンの体が裂け、大量の血が地面を濡らす。

「ギィイイイ！」

ジュエルドラゴンは首を曲げて、尖った歯が並ぶ口を大きく開いた。

由那を食い千切《ちぎ》ろうとするその口に向かって、僕は魔冷弾を撃つ。

頬の内側に当たった弾丸が、ジュエルドラゴンの顔の半分を凍りつかせた。

「由那っ！　今だっ！」

僕の言葉に反応して、由那が跳《と》んだ。上半身をひねりながら、ジュエルドラゴンの頭部に巨大化した斧を叩きつける。

ガラスが割れたような音がして、ジュエルドラゴンの顔の一部が砕ける。

「ギュ……」

それでもジュエルドラゴンは動いた。

地面に倒れている由那に向かって前脚を振り上げる。

「そうはさせないっ！」

僕は由那の前に立って、残っていたエクスプローダー弾を連続で撃った。

ジュエルドラゴンの口の中に到達した弾丸が次々と爆発する。

大きく開いた口の中から大量の血が流れ落ち、ジュエルドラゴンの動きが止まった。

数十秒後、ジュエルドラゴンの巨体がぐらりと傾き、地響きを立てて横倒しになった。

周囲にいた団員たちが、目と口を開いたまま、倒れているジュエルドラゴンを見つめる。

やがて――。

「倒した。ジュエルドラゴンを倒したーっ！」

一人の団員が叫ぶと、他の団員たちも喜びを爆発させる。

「やったーっ！　やったよ。私たちがジュエルドラゴンを倒したんだ！」

「災害クラスのモンスターだよ。これって、夢じゃないの？」

「夢じゃないって！　最高の現実だよっ！」

歓喜《かんき》の涙を流している団員たちを見て、僕の頬が緩《ゆる》んだ。

よかった。危険な相手だったけど、なんとか倒すことができた。

「見事だぞ。優樹」

クロがピンク色の肉球で僕の腰を叩く。

「お前の呪文と武器のおかげでジュエルドラゴンを倒すことができた。しかも、死者はいない」

クロは手当てを受けている団員たちを見て、金色の目を細める。

「災害クラスのモンスター相手に死者ゼロは奇跡《きせき》だぞ」

「みんながサポートしてくれたおかげだよ」

僕は額に浮かんでいた汗をぬぐう。

「クロはおとりをやってくれたし、由那はジュエルドラゴンに致命傷《ちめいしょう》を与えてくれた。白薔薇の団の人たちも上手く注意を引いてくれたよ」

「やったね、優樹」

プリムが僕の肩に手を回して体を寄せた。

「ほんと、すごいよ。あの黒い球の呪文でジュエルドラゴンの背中の攻撃が無効化されたし」

「僕がすごいんじゃなくて、創造魔法がすごいんだよ」

僕は左手でダールの指輪に触れる。

「素材さえあれば、考えた呪文が使えるんだから。しかも、あの呪文は僕たちの世界の兵器を参考にしてるだけなんだ」

空中で破裂するのはクラスター爆弾のアイデアだし、光を通さない黒い液体もネットの記事で読んだものだ。それを組み合わせることを思いついたことだけが僕の功績《こうせき》かな。

横倒しになっているジュエルドラゴンを見て、僕は深く息を吐き出した。

ジュエルドラゴンの解体をサブのパーティーにまかせて、僕、由那、クロ、プリムは、さらに下層に進んだ。

入り組んだ細い通路を下り続けると、巨大な扉があった。その扉は高さが五メートル以上あり、魔法の文字がびっしりと刻《きざ》まれている。

「これは……ダール文明の文字だな」

クロが巨大な扉に触れる。

「……仕掛けはないようだが、少し離れていろ」

きしむ音がして、扉が開いた。

扉の中は縦横十メートルほどの正方形の部屋だった。壁や床は青白く、中央に台座があった。

「えーっ？　何もないじゃん」

プリムは唇を尖らせて、中央の台座に歩み寄る。

「ダール文明のお宝があるんじゃないの？」

「それはウワサだよね」

「それでも期待しちゃうじゃん」

プリムは僕の頬を指で突いた。

「あーあ。ここにお宝があったら、好きなだけ、私のしっぽに触《さわ》らせてあげたのに」

「また、それ？」

「何よ？　私のしっぽに触るのがイヤなの？」

プリムの眉が吊り上がる。

「獣人や獣人ミックスにとって、しっぽは家族と同じぐらい大切なものなんだからね」

「それなら、しっぽを賭《か》けるような言動はやめたほうがいいと思うよ」

「別にいいでしょ。前と違って、今度は確定してることなんだから」

「いや……まだ、わからんぞ」

クロが台座に刻まれた文字に触れた。

すると、台座の奥の床が開き、大きな宝箱がせり上がってきた。

「え……？」

プリムがまぶたをぱちぱちと動かす。

「何……これ？」

「見た目は宝箱だな」

クロがその宝箱に歩み寄る。

「……カギはかかってないか。罠《わな》でもなさそうだが」

クロは用心しながら、宝箱を開けた。

中には、数十個の小ビンと木箱、野球ボールぐらいの大きさの宝石が五つ、マジックアイテムらしき短剣と杖が入っていた。

「これは……」

クロは赤黒い刃の短剣を手に取る。

「ダール文明のマジックアイテムのようだな。刃に『ウルツ魔石』が使われている」

「ウルツ魔石はスペシャルレア素材だね」

僕は短剣に顔を近づける。

「柄《つか》の部分の宝石は……『幻月石《げんげつせき》』か」

「うむ。その石だけでも大金貨百枚ってところだろう」

クロは白い爪で短剣の刃を叩く。鉄琴《てっきん》を叩いたような音が部屋の中に響いた。

「小ビンの中の素材もいい物が多いよ」

僕は宝箱の中から、小ビンを二つ取り出す。

「これは『天界樹《てんかいじゅ》の枝の化石』だし、こっちは……『神龍香《しんりゅうこう》』かな。どっちも高く売れると思う」

「ああ。この宝箱の中身だけで、遠征《えんせい》費用は余裕でまかなえるな」

「さっさとやってよ！」

突然、プリムが僕におしりを向けた。

「え？　やってって？」

「しっぽに触れって言ってるのっ！」

プリムは振り返って、僕をにらみつける。

「ここに宝があったら、好きなだけしっぽに触らせるって言ったでしょ！」

「……いや、いいよ。しっぽに触られるのはイヤなんだよね？」

「そんなことは関係ないのっ！　私をウソつき女にしたいの？」

「でも……」

「いいから、早くして！」

「わかったよ」

僕はプリムの白くて丸いしっぽに触った。

「くっ……んんっ……」

プリムは恥ずかしそうな顔で小刻みに体を震わせる。頭部のウサギの耳がぴくぴくと動いている。

うーん。プリムって、僕より年上なのに性格は子供っぽいところがあるな。しっぽに触られたくなければ、あんなこと言わなきゃいいのに……。

まあ、プリムのしっぽはもふもふで触り心地《ごこち》がいいし、好きなだけって言われたから、三分ぐらい触っておくか。由那の視線が気になるけど、別にいやらしいことをしてるわけじゃないし。

◇　◇　◇

数時間後、僕たちは、ジュエルドラゴンを倒した場所に戻った。

「おかえりなさい」

白薔薇の団のリーダー、リルミルが僕の腕に触れた。

「ダール文明の宝とレア素材を手に入れたみたいね」

「うん。スペシャルレア素材もいくつかあったよ」

僕はダールの指輪に収納していた宝をリルミルの前に出した。

「へーっ。ダール文明の杖か……」

リルミルは銀色に輝く杖を手に取り、顔を近づける。

「……これは風属性の魔法を大幅《おおはば》に強化する杖みたいね。しかも、魔力の消費を抑える細《さい》工《く》がしてある。名品ね」

「ジュエルドラゴンのほうは？」

「解体を始めてるわ。背中の宝石もウロコも高く売れるはずよ」

リルミルは解体されているジュエルドラゴンをちらりと見る。

「解体作業は明日までかかるから、あなたたちは休んでて」

「いいの？」

「もちろん。あなたたちの仕事は、もう終わってるから」

「じゃあ、少し休ませてもらうよ」

僕は壁際《かべぎわ》に用意されていた寝床に向かった。


薄い敷物《しきもの》の上で腰を下ろすと、由那が僕の隣に座った。

「優樹くん。疲れてない？」

「少しね。由那は？」

「私は余裕だよ。モンスター化してるせいで、疲れが全然ないんだ」

由那は笑顔で右腕を直角に曲げる。

「モンスターになるのはイヤだけど、この力のおかげで優樹くんの役に立てることが嬉しいよ」

「……今回は『幻魔の化石』は手に入らなかったけど、必ず見つけるよ」

「うん。信じてる」

由那は幸せそうにまぶたを閉じて、僕の肩に顔を寄せた。

◇　◇　◇

二日後の朝、僕たちは地上に戻った。

新鮮《しんせん》な森の空気が僕の肺の中を満たす。

やっぱり、外はいいな。広々としてて、明るくて気持ちが軽くなる。

「さあ、ヨタトの町に戻るわよ」

リルミルが団員たちに次々と指示を出した。

「ジュエルドラゴンの素材は一番大きな馬車に積んで。アイシャたちはテントの回収ね」

その時、金龍の団のリーダー、ベルドラムが姿を見せた。

ベルドラムは口を大きく開いたまま、解体されたジュエルドラゴンの素材を見つめる。

「……ジュエルドラゴンを倒したのか？」

「なんとかね」

リルミルは肩をすくめる。

「ケガ人は出たけど、誰も死ななかったのは幸運だったわ」

「誰も死ななかった？」

ベルドラムは驚愕《きょうがく》の表情を浮かべた。

「……どうやって？　どうやってジュエルドラゴンを倒した？」

「優樹の呪文のおかげよ」

リルミルは親指を立てて、斜め後ろにいた僕を指さす。

「優樹の創造魔法で、ジュエルドラゴンの光線を無効化できたし」

「創造魔法だと？」

「知らなかったの？　優樹は創造魔法が使えるのよ」

「こいつが……」

ベルドラムが僕に視線を向ける。

「もちろん、白薔薇の団のみんなも頑張ってくれたわ。でも、優樹がいなかったら、ジュエルドラゴンを倒すことは不可能だったでしょうね」

「……ありえない」

ベルドラムの声が震えた。

「どうやって……どうやって、光線の攻撃を無効化させた？」

「知っても無意味よ。あの呪文は優樹以外、誰も使えないんだから」

リルミルはため息をついて、頭をかく。

「優樹は異界人で、私たちが知らない知識を持っている。その知識がなければ、優樹と同じ呪文は使えない。たとえ、創造魔法を覚えたとしてもね」

「……」

長い間、ベルドラムは沈黙していた。

そして――。

「優樹……その名を覚えておくぞ」

そう言うと、ベルドラムは僕たちに背を向けて歩き出した。

「あらら。目をつけられちゃったわね」

「いや。君が僕のことを話すからだろ？」

僕はリルミルに突っ込みを入れた。

「すごくにらまれたんだけど」

「ベルドラムはプライドが高くて、執念深《しゅうねんぶか》いところがあるからね。創造魔法を使えるあなたに敵対心を持ったんでしょ」

「そんな性格ってわかってるなら、僕のことなんて話さなければいいのに」

「私が話さなくても、国中で話題になるわよ。なんせ、子供でも名前を知ってるジュエルドラゴンをあなたが倒したんだから」

「僕たちが、だよ」

「……ふふっ。やっぱり、あなたは信頼できる人物ね」

リルミルは僕を見上げて、にっこりと笑う。

「町に戻ったら、忙しくなるわよ。覚悟しててね」

第三章　危険な昇級《しょうきゅう》試験

七日後、僕、由那、クロは白薔薇の団といっしょにヨタトの町に戻った。

北門の前で白薔薇の団の副リーダー、ロッテが僕たちを出迎えた。

ロッテは丸いメガネの位置を整えて、丁寧《ていねい》に頭を下げる。

「おかえりなさい。リルミル様。午後から、ラドム商会のマール様との面会がありますので」

「えっ！　もう？」

リルミルが驚きの声をあげた。

「既に、白薔薇の団がジュエルドラゴンを倒した情報は漏れてますから。マール様としては、ジュエルドラゴンの素材に興味があるのでしょう」

「今日ぐらいはゆっくりしたかったのに」

リルミルは腰に手を当てて、ため息をつく。

「まあ、いいわ。危険を冒《おか》してジュエルドラゴンを倒したんだから、リターンは大きくしないとね」

「それと優樹様、由那様。冒険者ギルドの支部長が、あなたたちに会いたがってます」

「支部長が……ですか？」

僕は首をかしげる。

「どうして、僕たちに？」

「優樹様のパーティーがジュエルドラゴンに止《とど》めを刺したと私が話したからです。遠話で戦いの詳細《しょうさい》は聞いていましたから」

ロッテは淡々とした口調で答えた。

「支部長はお二人の実力を確認したいようです。上手くいけば、特例での昇級があると思います」

「特例ってことは、次のDランクじゃなくてCランク以上ですか？」

「はい。優樹様と由那様の実績は申し分ありませんから。七魔将シャグールも倒してますし」

ロッテは背筋《せすじ》を伸ばして、僕を見つめる。

「これは好機です。Aランク以上になれれば、多くの者が優樹様の力を認め、魔王ゾルデス討伐に力を貸してくれるでしょう」

「Aランク以上か……」

「理想はSランクですね。優樹様がSランクなら、これから国と交渉《こうしょう》する時も話が進みやすいので」

「そう……ですよね」

　僕は腕を組んで考え込む。

　実力の確認ってことは試験みたいなものをやるんだろうか。身体能力の試験だと、厳しそうだな。

「どうしたの？　難しい顔して」

　リルミルが僕の顔を覗き込んだ。

「いや。あんまり、人から認められたことがなくて」

　僕はため息をついて、頭をかいた。

「元の世界でも、学校の成績は普通だったし」

「何言ってるの？　今のあなたは違うでしょ」

「あぁ。運よく創造魔法が使えるようになったからね」

「運よくじゃないわ」

　リルミルは首を左右に振る。

「アコロンはあなただから創造魔法を教えたんだと思う」

「僕だから？」

「ええ。あなたが約束を守る人物だと感じたんでしょうね」

「それって、当たり前のことじゃないのかな？」

「普通の約束ならね。魔王ゾルデスを倒す約束なんて、誰も果たそうとは思わないし」

リルミルは肩をすくめて苦笑《くしょう》する。

「でも、あなたは困難だとわかってる約束を果たそうとしてる。死ぬ可能性だってあるのに」

「アコロンは命の恩人だからね。彼に創造魔法を教えてもらえたから、僕は今も生きているんだし」

僕は右手の人差し指にはめたダールの指輪を見つめる。

「だから、僕はゾルデスを倒さないといけないんだ！」

「ほんと、義理堅《ぎりがた》いのね。まっ、だからこそ、私たちはあなたに協力してるんだけど」

「うん。リルミルたちにも感謝してるよ。白薔薇の団のみんながいなかったら、ジュエルドラゴンも倒せなかったし」

「それなら、今夜の祝勝会《しゅくしょうかい》でフルーツパフェよろしくね。留守番《るすばん》してたみんなも期待してるみたいだから」

そう言って、リルミルは僕にウインクした。

◇　◇　◇

次の日、僕と由那は冒険者ギルドの二階にある部屋で支部長のディルクと面会した。

ディルクは五十代前半くらいの男で、髪は銀色、黒いスーツを着ていた。背丈は百八十センチ以上で、すらりとした体形をしている。

「優樹様、由那様」

ディルクは僕たちの名を丁寧に口にした。

「白薔薇の団のロッテ様から、話を聞きました。あなたたちがジュエルドラゴンに止めを刺したと」

「はい」と僕が答える。

「同じパーティーのクロや白薔薇の団の皆さんがサポートしてくれたので、なんとか倒すことができました」

「……ふむ。なるほど」

ディルクは青い目を細くして、僕を見つめる。

「では、その時の状況を詳《くわ》しく説明してもらえますか。その内容でお二人に受けてもらうランクの試験を決めますので」

僕が話を終えると、ディルクは沈黙した。

そして――。

「……わかりました。お二人には最高難度《なんど》の試験を受けてもらいます」

「最高難度ってことは……」

「はい。Ｓランクの認定試験です」

ディルクはテーブル越《ご》しにイスに座った僕を見つめる。

「ジュエルドラゴンを倒し、七魔将シャグールを倒した実績からも、お二人がＡランク前後の実力であることは予想できます」

「つまり、試験の結果に関係なく、僕たちはＡランクってことですか？」

「暫定的《ざんていてき》には、です」

ディルクはわずかに目を細くした。

「試験の結果が思わしくない場合は、Ｂランク、またはＣランクになることもありますので」

「……どんな試験になるんですか？」

「それは、わしが説明しようかの」

別室の扉が開き、白髪の老人が部屋に入ってきた。

老人は首の下まで伸びた白いひげに触れながら、僕と由那を見つめる。

老人は見た目は八十代ぐらいで、金の刺繍が施《ほどこ》された黒い服を着ていた。背丈は百六十センチ以下で瞳は黒。金色のプレートがはめ込まれた赤茶色のベルトを締めている。

金色のプレートってことは、Sランクってことか。見た目は普通のお爺《じい》さんって感じだな。

「わしはSランクの魔闘士《まとうし》ヨルゼフじゃ。今回、おぬしらの試験を担当することになった。よろしくな」

ヨルゼフは目を細くして笑った。

「さて、支部長は最高難度の試験を望んでいるようじゃが、受ける覚悟はあるかの？」

「もしかして、危険なんですか？」

「まあのぉ。対人戦じゃから、最悪死ぬこともあるじゃろうな」

「対人戦？　人と戦うってことですか？」

「そうじゃ。しかも、Cランク百人以上とな」

「ヨルゼフ様」

ディルクが口を開いた。

「Bランクの昇級試験といっしょにやるってことですか？」

「そのほうが効率的じゃろ」

ヨルゼフはぺろりと舌を出す。

「簡単にルールを説明しておくかのぉ。試験会場は東のルノの森。おぬしらは二十四時間以内にCランクの冒険者のプレートを五十枚以上手に入れればよい。ただし」

「ただし、何です？」

「Cランクの冒険者たちを殺してはいかん。一人もな」

「さっき、最悪死ぬこともあるって言われたような……」

「それはおぬしらがじゃよ」

ヨルゼフはしわだらけの手で僕と由那を指さした。

「Cランクの冒険者には、全力で戦ってもらうからのぅ。不幸な事故が起こる場合もある」

「不幸な事故か……」

「もちろん、おぬしらが危険だと思えば、いつでも降参《こうさん》すればいい。そこで試験は終了になるがの」

「その時は、当然、Sランクにはなれないってことですね？」

僕の質問にヨルゼフはうなずく。

「Sランクは特別なランクじゃからのぉ。この程度のリスクは覚悟してもらわんと」

「……わかりました。試験を受けさせてもらいます」

「ほぅ。すぐに決めたか。自信があるのかもしれんが、注意したほうがいいぞ。Cランクの冒険者たちの中にも将来のAランクやSランクがおるかもしれんからな」

そう言って、ヨルゼフは口角を吊り上げた。

三日後、僕と由那はヨタトの町の東にあるルノの森にいた。

高さ二十メートル以上の木々に囲まれた草地に百七人の冒険者がいて、全員が僕と由那に視線を向けている。

この人たちがCランクの冒険者か。

僕は目の前にいる冒険者たちを観察する。

男が七割で女が三割。種族は人間と獣人ミックスが多いな。武器や防具に魔法が付与《ふよ》されてるのが多い。さすがBランクを狙う冒険者たちだな。

彼らの声が僕の耳に届いた。

「おい……あいつらが俺たちのターゲットか？」

「みたいだな。男と女の二人組だし」

「だが、あいつらEランクだぞ？　プレートの色が黄土《おうど》色だし」

「何だ。知らないのか？」

頬に傷のある男が口を開いた。

「あの二人は白薔薇の団と組んで、ジュエルドラゴンを倒した異界人だぞ」

「あ……もしかして、Sランクのクロのパーティーの……」

「そうだ。男のほうは創造魔法を使えて、女はオーガ並の力があるらしい」

「あの二人が……」

冒険者たちの視線が僕と由那に集まる。

「さて……と」

僕の隣にいたSランクのヨルゼフが、Cランクの冒険者たちを見回した。

「ルールは前日に説明した通りじゃ。おぬしらには森の中でこの二人と戦ってもらう」

ヨルゼフはしわだらけの手で僕と由那を指さす。

「正面から攻めるも良し。奇襲《きしゅう》をかけるのも良し。もちろん、多人数で攻めるのも構わんぞ」

「二人を倒せたら、全員がBランクになれるの？」

十代後半の女がヨルゼフに質問した。

「それは本人の活躍次第ってところかのぉ。二人を倒すことに貢献《こうけん》したとわしが判断した者はBランクに昇級させてやるわい」

そう言って、ヨルゼフは胸元から直径三センチほどの球体を取り出す。

「こいつはおぬしらの戦いを記録するマジックアイテムじゃ。これを全員に身につけてもらおう」

「それは構わねぇが……」

二十代半《なか》ばの茶髪の男が視線を僕に向けた。

「本気で戦っていいのか？」

「もちろんじゃ」

ヨルゼフは僕の肩を軽く叩いた。

「この試験はな、おぬしらだけの試験ではない。優樹と由那の試験も兼《か》ねておる。Cランクのプレートを五十枚以上集めたら、Sランクになれるという試験じゃ」

「……ってことは、こいつらはAランク以上の実力があるってことか？」

「支部長のディルクはそう判断したのぉ」

ヨルゼフの言葉にCランクの冒険者たちの顔が険《けわ》しくなる。

「安心せぃ。優樹と由那にはハンデをつける。おぬしらを一人でも殺したら即失格じゃ。つまり、生死にかかわる攻撃はできないってことじゃな」

「俺たちはできるんだな？」

「あぁ。ただし、優樹たちが降参したら、すぐに攻撃は止めてもらうぞ」

「ねぇ、質問いいかな」

突然、十代半ばの少年が右手をあげた。

少年は整った顔立ちをしていて、髪は青色だった。身長は僕より少し低く、黒い服を着ている。

「攻撃が止められなくて、二人が死んでも問題ないんだよね？」

「止められなくてか」

「そう。僕のメインの武器は投げナイフなんだよね。降参する前に投げてたら、どうにもならないから」

「まあ、それは仕方ないのぉ」

ヨルゼフは肩をすくめて頭をかく。

「Sランクの昇級試験に危険はつきものじゃ。有望なAランクの冒険者が死んだことも何度かあったしのぉ」

「それを聞いて安心したよ」

少年は白い歯を見せて、僕に歩み寄った。

「先に挨拶しておこうかな。僕はエミール。金龍の団の期待のルーキーだよ」

「金龍の団？」

「うん。うちのリーダーがラポリス迷宮で世話になったみたいだね」

少年――エミールは笑みを浮かべた顔を僕に近づける。

「まさか、こんなところで会えるとは思わなかったよ。これで君の実力を確かめることができる。本当に君の力でジュエルドラゴンを倒したのかどうかをね」

「疑《うたが》ってるんだ？」

「いやいや。ジュエルドラゴンを倒した事実は認めるよ。だけど、それは神速の暗黒戦士クロや白薔薇の団のおかげじゃないかな」

「そうかもしれないね」

その言葉にエミールの青い目が丸くなった。

「あれ？　自分の力って言わないんだ？」

「うん。ジュエルドラゴンを倒せたのは、みんなが助けてくれたからだよ」

「……ふーん。まあ、いいや。君が本当に強いのかどうか、すぐにわかることだし」

そう言って、エミールは舌を出した。

「では、まずは優樹と由那。おぬしらから動いてもらおう。Cランクの冒険者たちは、ここで一時間待機。その後に試験開始じゃ」

ヨルゼフは白いひげに触れながら、僕と由那を交互に見る。

「試験時間は二十四時間。いいかの？」

「……はい」

僕は大きくうなずいた。

「じゃあ、行こうか。由那」

僕と由那は巨木が立ち並ぶ森の中を走り出した。

三十分後、僕は草のつるに覆われた岩陰《いわかげ》で足を止めた。

「由那！　これ持ってて」

僕は由那に耳にかけるタイプのイヤホンを渡した。

「これ、音箱を改良して作ったイヤホンなんだ。僕といつでも会話ができるようになるから。それと、ルノの森の地図」

ダールの指輪から地図を取り出して、それも由那に渡した。

「これも創造魔法で作ったの？」

「さっきね。虫型ドローンを飛ばして特別なカメラで撮《と》った写真を地図にしたから、正確だよ」

僕は地図の中央を指さす。

「この位置がCランクの人たちがいる場所だね。で、僕たちは……ここかな」

「うん。真ん中に湖と大きな岩があるから、位置はわかりやすいね」

由那は地図と周囲の景色を確認する。

「それで、どうする？」

「基本は昨日考えてた作戦でいこう」

「この武器を使うんだね」

由那は腰に提げていた長さ二十センチの筒を手に取る。筒の先から青白く輝く光の棒が伸びた。

「それで攻撃すれば、水属性の魔法と電気の力で相手を気絶《きぜつ》させることができるよ」

「相手が死ぬことはないんだね？」

「うん。今回の試験のこともあるし、相手が死なない武器も持ってたほうがいいから」

僕は由那の肩に触れた。

「由那の着てる冒険者の服は魔法耐性もあるし、物理攻撃を軽減《けいげん》する効果もある。だけど、危険だと思ったら、すぐに降参していいからね」

「わかってる。無理はしないから」

「じゃあ……」

僕は由那の耳に顔を寄せて、作戦を口にした。

◇　◇　◇

同時刻――。

Cランクの冒険者たちは、木々に囲まれた草地の中で話し合いをしていた。

「で、どんな手でいく？」

三十代で頬に傷のある男が冒険者たちを見回した。

「支部長の目が正しければ、奴らはAランク以上の冒険者だ。バラバラに戦ってたら、俺たちが負けるぞ」

「負けねぇよ」

革製の鎧を装備した金髪の男が言った。

「そりゃ、一対一や二対二なら負けるだろうが、こっちは百人以上だぞ。普通に連携《れんけい》取れば負けることはねぇ。しかも、向こうは手加減しながらだが、こっちは全力でやれるんだからな」

「そうね」と女の弓使いが金髪の男に同意する。

「誰かが正面から戦ってくれれば、その間に私が弓で背後から狙うわ。肩にでも当たれば、それで降参してくれるだろうし」

「まあ、あいつらは俺たちを殺せねぇんだから、なんとでもなるか。強引に突っ込む手もあるしな」

「油断しないほうがいい」

四十代の男が低い声を出した。

「白薔薇の団と組んでるとはいえ、あの二人が実績を残しているのも事実。Aランク……いや、Sランクの実力があると想定して戦うべきだろう」

「そのほうが間違いは起こらないか」

金髪の男が腕を組む。

「……なぁ、そこの青髪」

「んっ？　僕のこと？」

金龍の団のエミールが自分を指さす。

「ああ。俺と組まないか。お前は金龍の団所属のようだし、役に立ちそうだ」

「ううん。僕は一人でいいよ」

「一人？　誰とも組まずにあいつらを倒す気なのか？」

「そうでないと意味がないから」

エミールは首を回しながら、その場で軽くジャンプする。

「金龍の団は、あの二人と因縁《いんねん》があるからね。大人数で倒しても意味ないんだよなぁ」

「……お前、正気か？　あいつらはSランクの実力があるかもしれないんだぞ」

「うん。たしかにその可能性はあるだろうね。でも……」

「でも、何だよ？」

「Sランクレベルの実力なら、僕だってあるってことさ」

エミールは胸元まで、両手を上げた。その手に二本の黒いナイフが握られている。

「ほいっと」

白くて細い手首が弾くように動いた。

二本の黒いナイフが飛んでいた赤い蝶《ちょう》の胴体を貫き、そのまま、木の幹《みき》に突き刺さる。

冒険者たちの目と口が大きく開いた。

「正直、僕にとってはBランクの試験なんて通過点なんだよ。うちのリーダーからは、僕がSランクレベルの実力だと、お墨付き《すみつ》をもらってるしね」

そう言って、エミールは微笑する。

「まぁ、誰が本当に強いのか、もうすぐわかると思うよ」


一時間後、十人の冒険者たちが薄暗い森の中を北に進んでいた。

先頭を走っている十代のシーフの男に黒い鎧をつけた男が声をかけた。

「おいっ！　本当にこっちでいいのか？」

「まかせとけって。奴らの足跡《あしあと》は確認してるからな」

シーフの男が片方の唇の端を吊り上げる。

「どうやら、奴らは二手《ふたて》に分かれたようだ」

「分かれた？　いっしょに行動してないの？」

弓を背負《せお》った女が首をかしげた。

「変ね。どうして分かれたのかしら？」

「調子に乗ってるんだろ」と隣にいた茶髪の男が言った。

「奴らは白薔薇の団と組んで、とんでもない実績を出してるからな。俺たちを甘く見てるんだろう」

「バカな奴らだ」

頭部に獣《けもの》の耳を生やした男がぺっとツバを吐いた。

「俺たちのほうが圧倒的に有利なのにな」

「あいつらは異界人だ。戦いの常識《じょうしき》がわかってないんだろう。たとえ、Sランクの冒険者だとしても、多数の相手には不覚を取ることもある」

「そうだな。しかも、俺たちはCランクでも上位の実力者だ」

「まあ、問題はあいつらより、同じCランクの奴らだぜ」

茶髪の男が苔《こけ》の生えた岩の上に片足を乗せて周囲を見回す。

「先にあいつらを倒されたら、当然、昇級はできない。早い者勝ちの勝負になるぞ」

「だから、俺たちは十人で組んで動いてるんだろ。この人数であいつらを倒して、全員で昇級だ」

「なら、さっさと見つけて……」

その時――。

茶髪の男の背後で微《かす》かな音がした。

人の背丈ほどある茂《しげ》みの中から由那が現れた。

由那は青白く輝く棒状《ぼうじょう》の武器――『スタンソード』で茶髪の男の首筋《くびすじ》を叩いた。虫の羽音のような音がして、茶髪の男が糸の切れた人形のように倒れた。

「おっ、女だ！　異界人の女が……」

シーフの男が喋り終える前に由那が動いた。

近くにいた二人の男をスタンソードで気絶させ、弓を手にした女に向かって走る。

「あ……ぐっ……」

女は素早く弓を手に取り、矢をつがえる。

しかし、その矢が放たれる前にスタンソードが女の体に当たった。

一瞬で女は地面に倒れる。

由那は茂みの中に飛び込み、低い姿勢で走り出した。

「おっ、追えっ！　奴は俺たちで倒すぞ」

シーフの男が叫んだ。

六人の冒険者たちが武器を手に取り、由那を追いかける。

しかし、由那のスピードのほうが速い。

木々の間を縫《ぬ》うように走りながら、桜色の唇を強く結ぶ。

——残り六人なら倒せると思うけど、無理はしなくていいか。時間がかかったら、この場所に他の冒険者たちが集まってくるし。

——まずは捕まらないように逃げ回って、あの場所に誘導しないと。

由那は落ち葉の積もった斜面《しゃめん》を一気に駆け下りた。

「女だ！　女を見つけたぞ！」

冒険者の声が森の中に響いた。

「どこだ？　どこにいる？」

「滝だ。西の盆地《ぼんち》にいるぞ！」

「よし！　なら、追い詰《つ》められるな。俺たちで女を倒すぞ」

「おおっ！　奴らを倒して、Bランクになってやるぜ！」

冒険者たちは口角を吊り上げて走り出す。

他の冒険者たちも由那の動きに気づいていた。先を争《あらそ》って逃げる由那を追いかける。

由那はスタンソードで冒険者たちを倒しながら、西に向かって走り続ける。

「逃げ足が速いぞ！　全員で囲めっ！」

「足だ！　足を狙え！　まずは動きを止めるんだ！」

「俺にまかせろ！」

魔道師らしき冒険者が由那に杖を向けて、素早く呪文を詠唱する。

すると、植物のつるが由那の体に絡《から》みついた。

由那は腰に提げていた小さな斧を手に取り、自身を拘束している植物のつるを斬る。

――斧は武器として使えないけど、体力回復効果があるから、それだけで十分！　これで全力疾走《しっそう》で逃げ続けることができるし。

追ってきた冒険者を蹴り飛ばして、由那はスピードを上げた。

◇　◇　◇

西の盆地の中央で、僕は地図を確認していた。盆地は草木に覆われていて、ところどころに濁《にご》った沼があった。沼の周囲には多くの羽虫が飛び回っている。

こっちの準備は終わったか。後は……。

イヤホンから由那の声が聞こえてきた。

『優樹くん！　もうすぐ、そっちに行く！』

「わかった。予定通りの場所にいるから」

僕は苔の生えた岩と岩が重なった場所に移動した。

数分後、冒険者たちの怒声《どせい》が聞こえてきた。

「そっちだ！　そっちに女が行ったぞ！」

「よし！　全員で囲めっ！　絶対に逃がすなよ」

「おおっ！　俺たちで女を倒すぞ」

「ざけんなっ！　女をやるのは俺たちだ」

由那は予定通り、たくさんの冒険者を集めてくれたみたいだ。

数秒後、人の背丈を超える野草をかき分けて、由那が姿を見せた。

由那は巨大化した斧で野草を斬り、僕に駆け寄る。

「優樹くん！　近くにいるのは六十人ぐらいだと思う」

「うん。ばっちりだね」

その時、野草をかき分け、五人の冒険者が現れた。

「男のほうもいたぞ！」

茶髪の男が叫んだ。

「よっしゃ！　俺にまかせろ！」

痩せた男が弓を構える。

もう、遅いよ。

僕は由那の肩に触れ、転移の呪文を使用した。

一瞬で、僕と由那は崖の上に移動した。

僕は崖の上から盆地を見下ろしながら、ズボンのポケットに入れていたリモコンを取り出した。

そして、そのボタンを親指で押す。

盆地の中に仕掛けていた麻酔《ますい》ガス入りの爆弾が次々と爆発した。

爆発音が響き、白い煙《けむり》が盆地を覆う。

「これで、みんな眠ってくれたのかな？」

隣にいた由那が僕に質問した。

「多分ね。この世界の眠りの呪文は効果がいまいちだし、対処できる方法も多い。だけど、この爆弾は僕たちの世界の麻酔ガスと組み合わせて強化してるから。ゴブリンで実験した時は三時間以上、眠ってたし」

「創造魔法って、ほんとにすごいんだね」

「素材さえあれば、何だってできるからね」

この爆弾――『スリープボム』も『眠《ねむ》り草《くさ》』と『白煙草《はくえんそう》』、『闇水晶の欠片《かけら》』を組み合わせて作ったものだ。

そして『銀月草』と『光妖精の髪の毛』で作ったこれも……。

僕はダールの指輪に収納していたピンク色の液体が入った小ビンを由那に渡した。

「由那、これを飲んでおいて」

「何？　これ？」

「麻酔ガスを無効化する薬だよ。これを飲んでおけば、麻酔ガスが充満した盆地の中でも普通に行動できるから」

「そんな薬も作れるんだね」

僕と由那は小ビンのフタを開けて、中の液体を飲み干《ほ》した。

「じゃあ、プレート回収に行こうか」


崖を下りて盆地に入ると、二人の冒険者が落ち葉の上に倒れていた。

僕は二人に近づき、呼吸を確認する。

……うん。問題ないな。眠っているだけだ。

二人が身につけていた緑色のプレートを回収して、ダールの指輪に収納する。

まだ、スリープボムの煙は盆地全体に充満してる。これなら楽に回収作業ができそうだな。


僕と由那は倒れている冒険者たちから、プレートを回収していった。

一時間も経《た》たないうちに五十二枚のプレートが手に入った。

「とりあえず、これでノルマ達成か」

僕は額の汗をぬぐって、盆地を見回す。

スリープボムの煙は消えていて、視界が良くなっている。

多分、あと十人ぐらいは盆地の中で眠ってるはずだけど、プレートの回収は必要ないか。

さっさと集合場所に戻って、試験を終わらせよう。

その時、微かな音がして、黒い何かが僕の顔面に迫《せま》った。

隣にいた由那が黒い何かを右手で掴む。

それは先端が尖った黒いナイフだった。

「あーっ、残念」

茂みの中から、青い髪の少年――エミールが姿を見せた。

「今ので一人殺《や》れたと思ったのになぁ」

エミールは頭をかきながら、一歩前に出る。

「どうやら、最初に倒すのはお姉さんがよさそうだね」

「優樹くんは下がってて」

由那が僕を守るように前に出て、青白く輝くスタンソードを構える。

「ふーん。それが人を気絶させる武器か。いろいろと使い勝手がよさそうだね」

「うん。優樹くんが作ってくれた武器だから」

「でも、体に当てなきゃ気絶させられないよね？」

「……そうだね」

「なら、余裕かな。そんな武器が僕に当たるとは思えないし」

エミールは左右の手を胸元で交差させる。

一瞬で両手に黒いナイフが握られていた。

「先に謝っておくよ。もし、君たちが死んじゃったらゴメンね」

「殺すような攻撃をしてくるんだ？」

「当然だよ。こっちは全力でやっていいし、君たちを殺しても問題ないって試験官のお爺ちゃんが言ってたからね」

エミールはぺろりと舌を出した。

「それに君たちを殺したほうが、僕の名が売れるしさ。金龍の団の名誉回復にもなるだろうし」

「……そう」

「本当はね。君たちと全力で戦ってみたかったよ」

「それでも勝てるって言いたいの」

「うん。だって、僕は……」

会話の途中にエミールは動いた。

手首を弾くようにしてナイフを投げる。

そのナイフを由那はスタンソードで受けた。

甲高い金属音がして、ナイフが地面に落ちる。

「まだまだいくよっ！」

エミールは次々とナイフを取り出し、由那に向かって投げる。

由那は飛んできたナイフをかわしながら、一気に前に出た。

「おっと、近づかせないよ」

エミールは体をひねりながら蹴りを放った。

そのブーツの先端から尖った針が出ているのを見て、由那は右に跳んだ。そして地面に足がつくと同時にスタンソードを投げる。

「うわっと」

エミールは上半身をそらして、スタンソードをかわす。

避けるのが上手いな。モンスター化してる由那の動きに対応できるのか。スピードは由那のほうがありそうだけど、戦闘経験はエミールのほうが上だ。

僕は魔銃零式を取り出し、エミールに狙いをつけた。

その動きにエミールが反応した。

にやりと笑いながら、木の陰《かげ》に逃げ込む。

「君の武器の情報は知ってるよ」

木の陰からエミールはナイフを投げた。僕に迫るナイフを由那が手刀《しゅとう》で叩き落とす。

同時に別のナイフが由那の腹部に当たった。

しかし、ナイフは由那に刺さることなく地面に落ちる。

「ちぇっ……物理攻撃を軽減させるマジックアイテムの服か。いいもの着てるね」

エミールの声だけが茂みの中から聞こえてきた。

「まっ、それなら、頭や首を狙えばいいだけさ。ふふっ」

一度隠れて、奇襲するつもりか。

僕は木の幹に背中を寄せて、視線を左右に動かす。

面倒な相手だ。攻撃に躊躇《ちゅうちょ》がないし、積極的《せっきょくてき》に僕たちを殺そうとしてる。

これは早めに倒したほうがよさそうだ。

僕はダールの指輪に収納した『雷光弾《らいこうだん》』を魔銃零式に装填する。

この弾は特別製で、あえて威力《いりょく》を弱くしてある。そして……。

魔銃零式に黒光りする照準器《しょうじゅんき》を取り付ける。

この照準器は光水晶のレンズに熱画像検出器《けんしゅつき》を組み合わせたものだ。たとえ真っ暗な夜でも、茂みに覆われた森の中でも、ターゲットの位置を知ることができる。

照準器を右目で覗くと、エミールが腰を低くして、右に移動しているのがわかった。

距離は……十五メートルってところか。問題はないな。

僕は魔銃零式を両手で構えて、引き金を引いた。

銃声が響き、茂みの奥でエミールが倒れた音がした。

「由那……一応、確認してくれるかな」

「うん。わかった」

由那が茂みの中に入っていく。

数十秒後、由那は気絶したエミールの体を引きずりながら戻ってきた。

エミールは口を半開きにしていて、白目をむいている。

「自信満々なわりには、たいしたことなかったね」

由那は冷たい視線をエミールに向ける。

「自分の位置がバレてるとは思わなかったんだろうね。それに弾丸の速さも予想外だったかな」

魔銃零式の情報は知ってたみたいだけど、弓矢程度の速さだと思ってたのかもしれない。避けるのに自信があったから、油断したのもあるかな。

「とりあえず、プレートは回収しておこうか。せっかくだしね」

エミールからプレートを回収した後、僕と由那は集合場所のある東に向かって移動を始めた。

◇　◇　◇

「これでいいですか？」

僕は集合場所のテントの中にいた試験官のヨルゼフに五十三枚のプレートを渡した。

「足りないのなら、あと二十人ぐらいは気絶してるはずだから、集めてきますけど」

「……いや。これで十分じゃ」

ヨルゼフは息を吐いて、白いひげに触れる。

「まさか、こんなに早くプレートが集まるとは。これでは追加の試験をやらねばならぬではないか」

「えっ？　まだ試験が続くんですか？」

「違う違う。おぬしらではない。Ｃランクの冒険者たちの試験じゃよ」

ぱたぱたとヨルゼフは右手を左右に振る。

「おぬしらは文句なしの合格じゃ。百人以上の冒険者を手玉に取りおって」

ヨルゼフは近くにいた冒険者ギルドの職員を手招《てまね》きした。

「眠っておる冒険者たちの保護を頼む。位置は奴らに持たせていたマジックアイテムでわかるはずじゃ」

「はっ！　すぐに手配します」

「で、優樹よ」

ヨルゼフは視線を僕に戻した。

「おぬしが使った小型の大砲みたいな武器じゃが、あれは創造魔法で作ったものか？」

「はい。僕たちの世界にある武器を参考にして作ったものです」

僕は正直に答えた。

「小さな金属を発射する武器で、避けるのは難しいと思います」

「じゃろうな。おぬしがそれを使うところをマジックアイテムを通して見ていたが、飛ばした金属はわしの目にも見えなかった。しかも、本来の殺傷能力は、もっと高いんじゃろ？」

「……ええ。通常の弾を使ったら、相手は死んでいたと思います」

「恐ろしい武器じゃな。創造魔法の創始者のアコロンでさえ、こんな武器は作れなかった」

ヨルゼフの眉間に深いしわが刻まれる。

「由那の戦闘能力にも驚いたが、おぬしの創造魔法は、この世界の常識外の力じゃ。その力で何を望む？」

「最終的には元の世界に戻ることです。そのために創造魔法を極《きわ》めて、特別な素材を集めたいと思ってます」

「最終的には？」

「はい。その前にアコロンとの約束を果たさないといけないから」

「ほう。約束か」

ヨルゼフは首を傾ける。

「どんな約束をしたんじゃ？」

「魔王ゾルデスの討伐です」

「魔王っ⁉」

「……本気なのか？」

ヨルゼフの声がテントの中に響いた。

「命の恩人の頼みだから」

「いや、だからといって……んーっ……」

ヨルゼフは腕を組んで、うなるような声を出す。

「おぬしらの強さは理解しておるが、魔王ゾルデスの討伐は無茶が過ぎるぞ。奴には百万の配下と七魔将がいる。それに魔王の大地に行くにしても、国の協力が……」

一瞬、ヨルゼフの口が開いたまま、停止した。

「……そのためにSランクの試験を受けたのか？」

「はい。Sランクになったほうが国の協力が得られやすいって教えてもらったんです」

「それは……そうじゃが……」

ヨルゼフは、じっと僕を見つめる。

「変わった男じゃが、恩義《おんぎ》を忘れぬ人となりは悪くないのぉ」

ヨルゼフの頬が緩んだ。

「水沢優樹。おぬしの名は覚えておくぞい。魔王ゾルデスを倒して英雄となるのか。アコロンと同じ死の運命をたどるのか。運命の神ダリスの選択が気になるわい」

「ヨルゼフさんは、どちらの未来を望んでるんですか?」

「それは、もちろん前者じゃよ。おぬしが英雄になったら、Sランクに認定したわしの評価も上がるからのぉ」

そう言って、ヨルゼフはにんまりと笑った。

◇　◇　◇

二日後、ヨタトの町の小さな酒場で、僕と由那はクロと合流した。

鼻の下に牛乳をつけたクロが口を開いた。

「無事、Sランクになれたようだな」

「なんとかね」

僕は果実のジュースを注文して、木製のイスに座る。

「それで、魔王ゾルデスの情報は手に入ったの?」

「七魔将の情報なら、新しいのがある」

「どんな情報?」

「七魔将カリーネの配下が南の森に集まっているらしい」

クロの言葉に僕と由那は顔を見合わせた。

七魔将カリーネって、霧人《きりと》たちが配下になった魔族か。

ってことは、南の森に霧人たちがいるかもしれない。

強い力を手に入れた霧人たちが……。

いつの間にか、僕の口の中が、からからに渇いていた。

◇　◇　◇

ヨタトの町の南にある森の中に、石の壁に囲まれた砦《とりで》があった。

砦の周囲は高い石の壁で囲まれ、人口八千人ほどの大きな村が隣接《りんせつ》していた。

既に日は沈んでおり、夜空に浮かぶ巨大な二つの月が森全体を淡《あわ》く照らしている。

南門の前にいた四十代の男の兵士が、部下らしき十人の兵士たちに向かって口を開いた。

「異常はないな？」

「はい。いつも通りですよ。オッド十人長」

赤髪の兵士が答えた。

「モンスターの数は増えてますが、砦に近づいてくる様子はありません」

「……そうか。昼間に村人から魔族の姿を見たと連絡があったが」

「みたいですね。でも、このロタス砦には二千人以上の兵士がいますし、村の自警団の数も多い。攻めるのは無理ですよ」

「そうだな」と隣にいた兵士がうなずく。

「ここを攻めるには五千以上のモンスターが必要だろう。森を偵察《ていさつ》した奴らの情報では、そこまでの数ではなさそうだからな」

「だけど……」

若い兵士が不安げな表情で暗い森に視線を向ける。

「目撃された魔族って、七魔将のカリーネの配下なんですよね？　アモス砦も襲われたし、ここだって危険じゃ……」

「そりゃそうだ」

別の兵士が笑い出した。

「ここは砦で俺たちは兵士なんだからな。絶対に安全ってわけにはいかないさ。とはいえ、今の状況なら問題はないだろう」

「うーん……」

「お前は心配性だなぁ」

赤髪の兵士が若い兵士の肩を叩いた。

「安心しろって。新人のお前は俺たちが守って……」

その時――。

茂みの奥から、黒髪の男が現れた。

年齢は十代後半で背丈は百八十センチほど。光沢《こうたく》のある黒い鎧を装備していて、背中に赤黒い大剣を背負っている。

一瞬、警戒した兵士たちだったが、男が人間だとわかり、表情が緩んだ。

「何だ。冒険者か」

赤髪の兵士が男に近づいた。

「夜の森は危険だぞ。さっさと村に戻ってろ」

「……あぁ。七魔将カリーネの配下がうろついてるんだってな」

そう言うと、男は口角を吊り上げた。

「そのことで、兵士さんたちに話があるんだ」

「んっ？　何だ？」

「いやさ。俺、森の中で魔族の話を聞いたんだ」

「何っ？　魔族の話だと？」

オッド十人長が男に駆け寄った。

「どんな話をしてたんだ？」

「今夜、ロタス砦を攻めるってさ」

「なんだとっ！」

兵士たちの顔に緊張《きんちょう》が走った。

「それは本当か？」

「ああ。モンスターの軍隊を指揮《しき》してる魔族のギルドールが言ってたんだよ」

「ギルドール？」

オッド十人長は首をかしげた。

「何でお前が魔族の名前を知ってる？」

「それは俺がカリーネの配下になった異界人、黒崎大我《くろさきたいが》だからだよ」

男――大我は背中に背負っていた大剣を手にして、呆然としているオッド十人長に振り下ろした。

ぐしゃりと肉が潰れる音がして、オッド十人長の体が地面に叩きつけられた。

「おっ……お前っ！」

「遅いぜっ！」

大我はロングソードの柄を掴んだ赤髪の兵士を大剣で叩き潰す。

「貴様っ！」

九人の兵士が大我を取り囲んだ。

「よくもオッド十人長を……」

若い兵士がロングソードの刃先を大我に向けた。

「おいおい。震えてるぞ。大丈夫か？」

「ふざけるなよっ！」

若い兵士が目を血走らせて、歯をぎりぎりと鳴らす。

「おっ、俺がオッド十人長の仇《かたき》を……」

「お前じゃ無理だよ。たとえそっちが、四人いてもな」

「何を言ってる？　俺たちは九人だぞ」

突然、黒い矢が五人の兵士たちの頭部を同時に貫いた。

「あ……」

若い兵士は目と口を大きく開いて、倒れた仲間たちを見回す。

その瞳が茂みの前で弓を構える女——カースト上位グループの百合香《ゆりか》の姿をとらえた。

百合香は新たに黒い矢を番《つが》える。その先端が五つに分かれた。

「おのれっ！」

二人の兵士が百合香めがけて突っ込んだ。

「バカな男たち……」

百合香が右手の指先を開くと、五つに分裂した矢が近づいてくる兵士たちの体に刺さった。

兵士たちの足が止まり、前のめりに倒れる。

「ひ……ひっ」

恐怖で顔を歪めた若い兵士を大我は大剣で斬った。

「これで残りは……」

最後の兵士に視線を向けると、その額には黒い矢が刺さっていた。

「ゼロか……」

大我が真上に持ち上げた大剣を片手で軽く振ると、茂みから緑色の肌をしたゴブリンたちが次々と現れる。

「さあ、次はお前たちの番だ。暴れ回ってこい！」

そう言って、大我は大剣で分厚《ぶあつ》い扉を破壊する。

「ギッ……ギギ……」

ゴブリンたちは黄色くにごった目を輝かせて、砦の中に侵入した。

すぐに兵士の怒声と悲鳴が聞こえてくる。

「これで砦の隊長を狙いやすくなるぜ」

「ずいぶん気合入ってるのね」

百合香が大我に歩み寄る。

「七魔将の座を狙ってるからな」

「あーっ。死んだシャグールの後釜《あとがま》を狙うってわけか」

「どうせ元の世界に戻れないのなら、この世界で権力を手に入れるのも悪くない。上にいけば、美味《うま》いものも食えるし、いい女も抱ける」

大我はにやりと笑いながら、上唇を舐める。

「それなら早く動いたほうがいいんじゃない？　別の門から、霧人とエリナが砦に侵入してるはずだし」

「そうなんだよなぁー。あいつらの手に入れた能力もヤベェからな」

大我は左手で頭をかきながら、深くため息をついた。

ロタス砦の三階にある部屋で、隊長のザハスは兵士の報告を聞いていた。

「……南門から侵入してきたゴブリンの数は五百以上。西門からもスケルトンが百体以上入り込んでいます」

青ざめた顔で女の兵士が言った。

「トグナ百人長、レフ百人長は殺され、北の兵舎に火の手が上がってます」

「百人長が二人もやられたのか」

ザハス隊長は木製の机をこぶしで叩く。

「どうなってる？　砦の守りは万全だったはずだ」

「モンスターを指揮している人間が複数いるようです」

「人間だと？」

「はっ、はい。相当な手練《てだ》れで、ボリス百人長の部隊も全滅《ぜんめつ》しました」

「全滅……」

ザハス隊長の声が掠《かす》れた。

「……わかった。兵士たちを北門に集めろ。そこでモンスターどもを撃退《げきたい》する。村の自警団にも連絡して……」

その時、扉がすっと開き、ダークブルーの服を着た男が部屋に入ってきた。

年齢は十代後半で身長は百七十五センチほど。すらりとした体形をしていて、黒い瞳が夜の湖面のように揺らいでいた。

男の整った唇が開いた。

「あなたがこの砦の隊長ですね？」

「お前は誰だ？」

「神代《かみしろ》霧人。七魔将カリーネの配下です」

男――霧人は赤黒い刃の短剣を胸元で構えた。

「貴様っ！　人族の裏切り者かっ！」

ザハス隊長と女の兵士が腰に提げていたロングソードに手をかけた。

その瞬間――。

霧人の右手が動いた。短剣の赤黒い刃が噴き出す水のように変化し、その先端がザハス隊長と女兵士の体に触れた。

途端《とたん》、ザハス隊長と女の兵士の体が赤黒い炎に包まれる。

断末魔《だんまつま》の悲鳴が部屋の中に響き、二人は同時に絶命《ぜつめい》した。

「あーあ。先越されちゃったか」

黒い服を着たエリナがザハス隊長の死体を見て、茶色の髪をかきあげた。

「私が隊長を殺す予定だったのに」

「別に誰が殺してもいいだろ」

霧人が切れ長《なが》の目を細くして、エリナに視線を向ける。

「目的は砦と村を落とすことだから」

「そりゃそうだけどさ。大きな手柄を立てたほうが出世が早そうじゃん」

「……君は七魔将になりたいの？」

「それ以上かな。ゾルデス様から国をもらって、女王になるのも楽しそうだし」

エリナは半開きにした唇の中で舌を動かす。

「ってわけで、死体を借りるね」

エリナがつけているペンダントの宝石が紫色に輝き、その光が死体を照らした。ごぼごぼと音がして、死体が二体のスケルトンに変わる。

「スケルトンの数も増えたし、村攻めはネクロマンサーの能力を手に入れた私がメインでやらせてもらうから」

そう言って、エリナは唇の両端を吊り上げた。

第四章　魔族の侵攻《しんこう》と優樹の決断

白薔薇の団の屋敷の一室で、僕はリルミルからロタス砦が落とされた情報を聞いた。

「……隣接してた村もモンスターの大軍に襲われて占領《せんりょう》されたわ」

リルミルの栗色《くりいろ》の眉が中央に寄った。

「犠牲者《ぎせいしゃ》は砦の兵士も含めて、五千人以上。捕虜にされた村人も二千人を超えてるみたい」

「そんなに……」

口の中が渇き、手のひらに汗が滲《にじ》んだ。

「まさか、ロタス砦が落ちるとはな」

隣のイスに座っていたクロがぼそりとつぶやいた。

「七魔将カリーネの軍に狙われていることはわかってたはずだが」

「そうね。普通なら、ロタス砦は落ちなかった。でも、想定外の戦力がカリーネの軍にいたようね」

「優樹といっしょに転移してきた異界人か」

「でしょうね。外見の特徴《とくちょう》も合ってるみたいだし」

リルミルは、わずかに尖った耳に触れながら、ふっと息を吐く。

「あなたの学友は愚《おろ》かな選択をしたわね。人族の裏切り者になるなんて」

「……そう……ですね」

僕はテーブルの上で両手の指を組み合わせた。

霧人たちは特別な能力を手に入れ、その力で大量の人を殺した。彼らにとってはゴブリンも異世界に住む人々も同じなのかもしれない。

口角を吊り上げて微笑する四人の姿が僕の脳裏《のうり》に浮かび上がる。

もし、霧人たちの手に入れた能力が創造魔法を超えていたら、まずいことになる。彼らは容赦《ようしゃ》なく僕たちを殺しにかかるだろう。

一瞬、部屋の温度が下がったような気がした。

「で、ここからが本題」

リルミルが胸元で手を叩いた。

「たくさんの村から、冒険者ギルドに依頼が殺到《さっとう》してるみたい」

「村の護衛《ごえい》ですか？」

「ええ。アクア国の軍も動くはずだけど、少しでも村を守る戦力を増やしたいってわけ」

「それは、そうでしょうね」

僕は首を縦に動かした。

ヨタトの町の南側には多くの村がある。今度は、その村が魔族に狙われることになるか。

「それで、白薔薇の団はステラ村の依頼を受けることになったの」

「ステラ村って、農業が盛《さか》んな大きな村ですよね？」

「ええ。あの村が落とされたら、ヨタトの町の食料の供給も危《あや》うくなる。絶対に守らないといけない村よ」

リルミルは壁に貼《は》ってあるアクア国の地図を指さす。

「あなたたちも手伝ってくれるでしょ。七魔将カリーネの軍隊を撃退すれば、魔王ゾルデスの戦力が減るし」

「……」

「んんっ？　二つ返事で引き受けてくれるんじゃないの？」

「いや。ステラ村じゃなくて他の村に行きたいんです。多分、護衛の依頼を出してるだろうから」

「他の村ってどこ？」

「ダホン村です」

「ダホン村？　ダホン村はステラ村より南にある村よ。もっと危険だと思うけど」

「だから、知人がいるダホン村に行きたいんです！」

僕の声が少し大きくなった。

ダホン村には領主代行のシャロットとエルフの女騎士のティレーネがいる。あの二人は村人を守るために、きっと残っているだろう。

「……うーん」

リルミルは腕を組んで、うなるような声を出した。

「正直、この状況でダホン村に行くのはオススメしないけど、あなたたちなら、死ぬことはないと信じるしかないわね」

「安心しろ」

クロが口を開いた。

「優樹も由那も戦闘に慣れてきたし、何よりも俺がいる。幾多《いくた》の地獄《じごく》をくぐり抜けてきた俺がな」

「頼りにしてるよ。クロ」

僕は頬を緩めて、クロの肩に触れた。

外見は黒猫のぬいぐるみみたいだけど、クロの強さはホンモノだからな。

◇　◇　◇

ヨタトの町の南東にあるダホン村は人口が千二百人程度の村で、村人の多くが獣人ミックスだった。村の中央にはお椀《わん》を逆《さか》さにしたような丘があり、その上に三階建《だ》ての屋敷があった。

その一室で、領主代行をしているフラウ家のシャロットが書類に目を通していた。

年齢は十四歳で、髪の毛と瞳の色は茶色。頭部に猫の耳を生やしている。

木製の扉がノックされ、エルフの女騎士、ティレーネが部屋に入ってきた。

淡い金色の髪に透《す》き通るような白い肌、左右の耳はぴんと尖っている。

「シャロット様。ヨタトの町の冒険者ギルドより、連絡が入りました」

ティレーネはすらりと伸びた長い足を動かし、シャロットの前に移動する。

「村の護衛の件、人数の確保が難しそうです」

「……そう……ですか」

シャロットの声が沈んだ。

「仕方がありませんね。七魔将カリーネの軍隊が動いているのですから、どこの村も冒険者を雇《やと》って、守りを固めるのは当然です。となると、実力のある冒険者の数が足りなくなります」

「はい。最低でもDランク以上の冒険者でないと役に立たないでしょう。例外はいましたが」

と、ティレーネが言った。

「例外って優樹様たちのこと？」

「そうです、シャロット様。優樹と由那はFランクなのに、魔族を倒して村を救ってくれました。また彼らが依頼を引き受けてくれれば、人数が少なくてもなんとかなるのですが」

「それは無理です」

シャロットは首を左右に振った。

「優樹様と由那様は、先日Sランクに昇級したそうです。ですから、もう、あのパーティーを雇うことはできないでしょう」

「たしかにクロ様も含めて、Sランク三人のパーティーですから。安く見積《みつ》もっても一日大金貨十五枚は必要かと」

「ええ。そして、そこまでのお金をフラウ家は用意できませんでした」

シャロットは両方の眉を中央に寄せて、唇を噛む。

「私は領主失格ですね。こんな時こそ、領地を守らないといけないのに……」

「いいえ。仕方のないことです。前の魔族との戦いでも、多くの冒険者を雇ったのですから」

ティレーネは、いつもより柔《やわ》らかい声を出した。

「それに他の村も護衛を集めることに苦労しているようです。だから、シャロット様のせいではありません」

「……ティレーネは優しいのね。いつも、私を助けてくれる」

「当然です。私はフラウ家に仕《つか》える騎士ですから」

ティレーネはぴんと背筋を伸ばした。

「安心してください。たとえ、護衛の冒険者が集まらなくても、私が村とシャロット様をお守りします」

「ありがとう。ティレーネ」

シャロットはティレーネの手を両手で握る。

「シャロット様……」

二人の視線が重なると同時に扉が開き、クロが部屋に入ってきた。

「え……？」

「はっ……？」

シャロットとティレーネは、ぽかんと口を開ける。

クロは来客用のソファーに座り、腕を組んだ。

「とりあえず、冷やしたミルクを頼む。砂糖《さとう》を一つまみ入れてな」

「……あ、あの、クロ……様？」

シャロットがクロに歩み寄った。

「どうしてクロ様がここに？」

「お前たちが冒険者ギルドに村の護衛を依頼したからだ」

「それは、そうですけど……私たちが用意できる金額ではSランクの冒険者を雇うことはできなくて……」

「金額は関係ない。リーダーがダホン村の依頼を受けたのだから、俺は従うだけだ」

「リーダーが……」

「そうだ。ほら、来たみたいだぞ」

クロが右手の爪の先を廊下《ろうか》に向ける。

そこには、メイドに連れられた優樹と由那がいた。

◇　◇　◇

「こんにちは。シャロットさん。ティレーネさん」

僕は目を丸くしている二人に挨拶した。

「優樹っ！」

ティレーネが優樹に駆け寄った。

「……来てくれたのか？」

「はい。冒険者ギルドで確認したら、ダホン村の護衛の依頼が残ってたから」

僕はティレーネの緑色の瞳を見つめる。

「Dランク以上の冒険者なら、依頼を受けられるみたいで。僕と由那はこの前昇級したんです」

「それは知っているが……いいのか？　お前たちはSランクのはずだ。もっと、依頼料の高い仕事がいくらでもあるんだぞ？」

「ダホン村の皆さんにはお世話になりましたから。仲良くなった村の子供たちもいっぱいいるし」

「優樹様。由那様」

シャロットが目を赤くして、僕と由那に頭を下げた。

「まさか、また、皆さんに依頼を受けてもらえるなんて。本当にありがとうございます。本当に……うっ……」

シャロットの目から涙が流れ落ちる。

その姿を見て、僕の目頭《めがしら》も熱くなった。

シャロットはまだ十四歳ぐらいなのに、領主代行としてモンスターの軍隊から村を守ろうとしている。貴族の中には領民を見捨てて、王都に逃げている人たちもいるのに。

こんな優しい人をモンスターに殺させるわけにはいかない。

創造魔法を使える僕が、シャロットを……村のみんなを守るんだ。

◇　◇　◇

校舎の三階にある二年Ａ組の教室で、委員長の宗一が集まった十二人のクラスメイトたちを見回した。

「では、朝のホームルームを始める。まずは食料問題だが、小次郎たちが赤毛の猪を狩ってくれたおかげで、多くの肉を確保できた。解体も終えて、女子に干し肉作りをやってもらっている」

「これで、当分、肉が食えるな」

野球部の浩二が頬杖《ほおづえ》をついて、息を吐き出す。

「味付けは岩塩だけになるだろうけど、野草のスープよりは十倍マシだし」

「ああ。それと、西の川辺で捕まえた鳥が今朝《けさ》、卵を産んだ。今はまだ食べられないが、鳥が増えたら、人数分の卵が手に入るだろう」

宗一の言葉にクラスメイトたちの表情が和《やわ》らいだ。

料理研究会の胡桃が口を開いた。

「卵があれば、いろんな料理が作れるよ。卵焼きにスクランブルエッグにオムレツも」

「おおーっ！　マジか」

ヤンキーグループの巨漢、力也が瞳を輝かせた。

「じゃあ、鳥肉と卵で親子丼も作れるんじゃねぇか？　いや、猪の肉が手に入ったのなら、カツ丼だって作れるだろ」

「それは無理かな。お米がないから」

「あ……そうか」

力也は、がっくりと肩を落とした。

「くそっ！　『かっつ家』のカツ丼の松が食いてぇな。豚汁《とんじる》を追加でつけて」

「カツ丼かぁ……」

アニメ好きの拓也がまぶたを閉じた。

「秋葉に通ってた頃は、かっつ家で食べてたなぁ。揚《あ》げたてのカツに卵がからんで最高に美味しかったよ。六十円の温泉卵を追加でトッピングしてさ」

「おいっ、拓也！　思い出させるな。言葉の飯《めし》テロだぞ！」

「力也くんが最初に言い出したんじゃないか」

拓也は不満げに頬を膨らませる。

「お前が温泉卵のことを言わなかったら、俺だって我慢《がまん》できたんだ。だけど、その食い方はまだやったことがなかったからな！」

「そんなこと知らないよ」

「無意味なことで争うなよ」

ヤンキーグループのリーダー、恭一郎が舌打ちをした。

「もう二度とカツ丼なんて食えねぇんだから」

「そう……だよね」

拓也の声が小さくなった。

「でも、もしかしたら……優樹の魔法なら、カツ丼も出せるかも」

その言葉に、教壇《きょうだん》に立っていた宗一の頬がぴくりと動いた。

「……その可能性はあるだろうな。特定の食べ物だけを再現できる魔法というより、元の世界の食べ物全てを出せる魔法だというほうがしっくりくる」

「つまり、天丼や寿司も出せるってこと？」

「断言《だんげん》はできないが、僕の予想ではそうだよ」

「あーあ」

ヤンキーグループの亜紀が両手を後頭部に回して、視線を天井に向けた。

「優樹がいれば、もっと美味しいものが食べられたのになぁ」

「猪の肉では不満ってことかい？」

宗一の質問に亜紀は肩をすくめた。

「胡桃の作ったジビエ料理も悪くないけど、調味料の問題もあるしね。正直、ビッグマグドのほうが、格段に美味しいよ」

「おいっ、亜紀」

剣道部の小次郎が鋭《するど》い視線を亜紀に向けた。

「文句があるのなら、俺が狩った猪の肉は食うなよ」

「文句じゃないから。ただ、無意味な努力してるなって思ってるだけ」

「無意味な努力？」

「だって、優樹がいれば、危険な狩りをする必要はないし鳥だって飼《か》わなくていい。もちろん、野草集めもね」

「それだけじゃないよ」

副委員長の瑞恵が言った。

「優樹くんは魔法の力で電化製品を使うこともできるから。エアコンだって、冷蔵庫だって使い放題だよ。そしてお風呂も水洗トイレもね」

その言葉にクラスメイトたちの表情が強張った。

「なんとかならないの？」

自己中心的でヒステリックな奈留美がイスから立ち上がった。

「優樹くんさえ戻ってきてくれれば、元の世界の生活ができるんだよ」

「そんなことはわかってる」

宗一が細い眉を吊り上げる。

「問題は、その方法がないってことだ。みんなも知ってる通り、優樹は魔法の銃を持っているし、身体を強化する呪文も使える。力尽《ちからず》くで言うことを聞かせることはできない」

「由那を人質《ひとじち》に取る手も使えないからな」

剣道部の小次郎が頭をかいた。

「しかも、あいつら、マジになってやがる。今度、敵対行動を取ったら、俺たちが殺されることになるぞ」

「……ほんと、みんな、役に立たないんだから」

奈留美は机を平手で叩いた。

「何か、考えてよ！　優樹くんに言うことを聞かせる方法を」

「お前はどうなんだよ？」

浩二が奈留美を指さした。

「案がないのなら、お前も役立たずってことだからな」

「はぁっ！　私じゃなく、あなたたちが考えることでしょ。責任逃れしないでよ！」

「……お前、いい性格してるなぁ」

呆《あき》れた顔で浩二は奈留美を見つめる。

「まあ、どうにもならねぇよ。交渉材料がないんだからな」

「ちょっといいかな」

いつも目立たず喋ることが少ない恵一が右手を上げた。

恵一は、ゆらりとイスから立ち上がった。

髪はぼさぼさで、顔は青白く唇は薄い。その唇が動いた。

「優樹を利用したいのなら、交渉じゃなく、情に訴《うった》えるほうがいいよ」

「情に訴える？」

恭一郎が眉をぴくりと動かした。

「優樹に頭を下げろってことか？」

「それが一番安全で効率的だよ」

恵一は淡々とした口調で言った。

「強引に言うことを聞かせるのは難しいし、こっちが殺されるかもしれない。なら、優樹の温情に頼るのがいいよ」

「だが……」

宗一が口をはさんだ。

「今の優樹が僕たちを助けてくれるか？」

「可能性は高いと思うよ。優樹は優しいから」

「優しい……か」

「うん。本当なら、僕たちは小次郎が銃を奪った時点で殺されてもおかしくなかった。敵対行為だからね」

「しかし、僕たちは優樹を殺す気はなかったぞ。ただ、食料が欲しいだけだ」

「そう。僕たちは優樹を殺せない。殺したら、意味がないから。でも、優樹は別だ。いつだって僕たちを殺せる。優樹にとって、僕たちは役立たずだから」

恵一はため息をついて、頭をかく。

「とはいえ、素直に頭を下げても無理だろうね。優樹だってバカじゃない。僕たちの考えは読めるはずだよ。食料が目的で口だけの謝罪《しゃざい》をしてると」

「では、どうするんだ？」

「とりあえずは、これかな」

恵一はズボンのポケットから、ピンポン球ぐらいの黒い石を取り出した。その石の表面には金色の粒《つぶ》が夜空の星のように輝いていた。

「それは……優樹が持っていった石か？」

「うん。なかなか貴重《きちょう》な石みたいだね。これと牛丼十八杯を交換してくれたんだから」

「どうして、君がその石を持ってるんだ？」

「この前、滝の近くの鍾乳洞《しょうにゅうどう》で拾ったんだよ」

「おっ、おいっ！」

力也が恵一に歩み寄った。

「この石があれば、また、『すき野家』の牛丼が食えるじゃねぇか!」

「うん。でも、そんな使い方はしないよ」

「ビッグマグドにするってことか?」

「違う違う。これは優樹にただであげるんだよ」

「ただでだと?」

力也は、ぽかんと口を開ける。

「お前、正気か? せっかく優樹と交渉できるものを手に入れたのに」

「それじゃあ、一回の食事で終わりだって」

恵一は肩をすくめた。

「僕はこれで優樹の心を操るつもりだよ」

「操る?」

浩二が首をかしげた。

「それって、どういう意味だよ?」

「優樹から、僕たちに食事を提供しようと思わせるってこと」

「いやいや。そんなこと無理だろ。優樹は薄情《はくじょう》な男だからな。たくさん食い物を出せるはずなのに、俺たちには二食分しかくれなかったし」

「仕方ないよ。僕たちは優樹を追放しちゃったからね。優樹からしたら、いい感情を持ってるはずがない」

　恵一は視線を宗一に向けた。

「失敗したね、委員長。調子に乗って優樹を『寄生虫《きせいちゅう》』や『役立たず』とバカにしたから、自分が苦しむ結果になってる」

「だが、あの時、優樹はケガをしていて、魔法も使えなかった。役立たずと思うのは仕方がないだろう」

　宗一は不満げに唇を歪める。

「そんなことより、本当に優樹を操れるのか？」

「君たちが協力してくれればね」

「協力って、何をすればいい？」

「それは……」

　恵一はクラスメイトたちに計画を語り出した。


　その日の夜、文学部の雪音はクラスメイトたちに見つからないように校門を出た。

　青色と緑色に発光する森クラゲたちが浮かぶ斜面を登り、優樹の家の前で足を止める。

「優樹くんは……いないか」

　窓の明かりを確認して、雪音は上着のポケットから、四つ折りにした紙を取り出す。

それを扉に挟《はさ》もうとした時――。

ガサリと背後の茂みが音を立てた。

雪音が振り返ると、そこには恵一が立っていた。

「け……恵一くん……」

雪音の声が掠れた。

「どうして、ここに？」

「君を監視してたからだよ」

昏の両端を吊り上げて、恵一は雪音に近づく。

「僕が計画を話した時、君だけは表情が硬くて反論したそうな顔してたからね。で、その紙は何？」

「これは……」

雪音は紙を強く握り締める。

「あぁ。言わなくていいよ。優樹に僕の計画を伝えようとしてたんだろ？」

「……ダメなの？」

「もちろん、ダメだよ。それじゃあ、優樹の心が操れなくなるからね」

恵一は右手の人差し指を立てて、それを左右に動かす。

「それにしても、君は頭がいいね」

「頭がいい？」

「ああ。僕たちを敵に回して、優樹に取り入る作戦だろ？」

「そんなこと考えてないよ！」

雪音の声が大きくなった。

「私は優樹くんを利用したくないだけ」

「利用したくない？」

「そう。優樹くんの優しさにつけ込んで、私たちの召使《めしつか》いにしようなんて」

「それは少し違うな。優樹を召使いにするんじゃなくて、優樹自身が僕たちのために働こうと思うように誘導するだけさ」

恵一は視線を優樹の家に向ける。

「優樹は全てにおいて役に立つからね。何が何でも手に入れておかないと」

「何が何でも？」

「うん。だから……」

恵一は笑顔でポケットからナイフを取り出した。

「君には死んでもらうことにするよ」

「え……？」

雪音の目が大きく開いた。

「そうするしかないじゃないか。君は何度でも優樹に伝えようとするだろうしね。殺したほうが間違いがない」

「こ……殺す？」

恵一の目が針のように細くなった。

「残念だよ。クラスメイトの数が減れば、僕が生き延《の》びる確率も減るから」

「本気で私を殺すつもりなの？」

「もちろん。元の世界でもやったことだしね」

「元の世界って……」

雪音の顔が強張った。

「中学三年の時だよ。近所にうるさい幼稚園児がいてさ。日曜の朝から騒ぎまくるんだ。こっちは受験で大変なのに。だから、川に突き落としてやったんだ」

「う……ウソっ！」

「本当だよ。テレビのニュースで流れたし、ネットにも記事が残ってるから」

ふっと息を吐いて、恵一は肩をすくめる。

「まあ、計算通りに事故扱《あつか》いになったから、あまり話題にはならな……」

恵一が喋っている途中に雪音は逃げ出した。

「あーぁ。逃げなきゃ、一瞬で殺してあげたのに」

そう言いながら、恵一は雪音を追いかける。

「どうせ、君の足じゃ逃げられないよ。無駄なことはしないほうがいい」

「こっ、来ないでっ！」

雪音は声を震わせながら、必死に逃げ続ける。

「バカだなぁ。声出して逃げたら、位置がバレバレじゃないか」

「う……」

唇を強く噛み締め、雪音は茂みを飛び越えた。

その瞬間、雪音は自分の足元に地面がないと気づいた。

「あ……あああーっ……」

雪音は悲鳴をあげながら、十メートル以上落下する。

どさりと音がして、雪音の意識がなくなった。

「あらら。落ちちゃったか」

恵一は崖の上から雪音を見下ろした。

月明かりに照らされた雪音はぴくりとも動かない。

「一応、止めを刺しておいたほうがいいか。下りられる場所は……」

その時――。

「ギッ……ギギ……」

どこからか、ゴブリンの鳴き声が聞こえてきた。

──ゴブリンか。あいつらを使うか。

恵一は足元の石を拾い上げ、それを崖の下に投げた。

その音に反応して、ゴブリンが倒れている雪音に近づいていく。

──これでいい。今のうちに僕も学校に戻っておこう。

恵一は音を立てないようにして、その場から離れた。

◇　◇　◇

ダホン村の南にある巨岩の上に、僕と由那とクロはいた。

巨岩は高さが三十メートル以上、平《ひら》たい上部には土があり、広葉樹《こうようじゅ》の木や草が生えていた。

風に揺れる髪の毛に触れながら、僕は広大な森を見回す。

七魔将カリーネの軍隊は南にあるロタス砦を落とした後、さらに二つの村を滅《ほろ》ぼした。

次のカリーネの狙いは農業の盛んなステラ村だろう。

そして、軍隊の進路によっては、その前に僕たちが守ろうとしているダホン村が襲われる。

厳しい状況だな。運よくダホン村がスルーされても、ステラ村が落ちれば孤立《こりつ》することになる。それにステラ村には白薔薇の団のプリムたちがいる。

背後の茂みから音がして、エルフの女騎士ティレーネが姿を見せた。

「優樹！　自警団から連絡が入った。ダホン村に近づくモンスターの部隊を発見したらしい。数は約四百」

「四百……ですか？」

「ああ。主力ではないな。小さな村だから、その程度の戦力で問題ないと思ったのだろう」

「なるほどな」とクロが言った。

「主力は別のルートからステラ村を狙う作戦か。まあ、一番ありそうな手だ」

「はい。最悪ではありませんが、ダホン村が危険な状況なのは変わりありません」

ティレーネは視線をクロから僕に戻す。

「しかも、指揮しているのは人間だ。多分、異界人の黒崎大我だろう。教えてもらっていた外見と合ってる」

「大我か……」

僕の脳裏に大我の姿が浮かび上がる。

大我はボクシングの高校チャンピオンで好戦的な男だ。単純な戦闘能力はクラスで一番高いだろう。大我がゴブリン三匹の攻撃を余裕で避けてるところを見たことがあるし。

しかも、今は特別な能力を手に入れている。

僕は右手の人差し指にはめたダールの指輪を見つめる。

ヨタトの町のアイテム屋を回って、多くの素材を手に入れることができた。

今の僕なら、状況に応じていろんな創造魔法が使える。

だけど、油断はできない。大我たちの能力が創造魔法を上回《うわまわ》っている可能性もある。

「ティレーネ。その部隊の位置は？」

クロの質問に、ティレーネは折りたたまれた地図を取り出した。

「鉱山の近くです。移動の速度からダホン村を攻めてくるのは明日の夜ぐらいではないかと」

「ならば、やはり、こちらから攻めるべきだろう。村には子供や老人も残っているしな」

「はい。奴らに容赦はありません。使える者だけを捕虜にして、それ以外は殺すでしょう」

「で、こっちの戦力は？」

「攻めに使えるのは二十人というところです。私と屋敷の使用人で四人。自警団から十一人。村出身のEランクの冒険者が五人」

「俺たちを含めても二十三人か」

　クロがため息をついた。

「ほぼ二十倍の戦力差だな。普通なら勝てる戦いではないが……」

「勝算はあるのですね？」

「こっちには優樹がいるからな」

　クロは僕の腰を肉球で叩く。

「こいつの創造魔法はとんでもない代物だ。一発の呪文で千体以上のモンスターを倒したこともあるしな」

「せっ、千体以上っ⁉」

　ティレーネの緑色の目が丸くなる。

「そんな高位呪文が使えるのか？」

「はい」と僕は答える。

「ただ、素材の数の問題で、一回しか使えません」

「一回か。それだと、使い所が重要だな」

「ええ。一箇所《いっかしょ》に集まっていれば殲滅《せんめつ》できるんですけど、森の中を移動してる時は難しいでしょう。ばらけてるはずだから」

「そう……か」

　ティレーネは唇を強く噛む。

「こちらの戦力が多ければ、モンスターどもを包囲して集める手もあるのだが」

「できない手を考えても仕方がない」

クロが言った。

「今の手札《てふだ》でやれることは、お前たち二十人がモンスターを陽動《ようどう》して、その間に俺たちがリーダーの異界人を倒す、だな」

「できるのですか？」

「異界人の能力次第だ。ほどほどの能力なら、一瞬で殺《や》れるが」

「……クロ」

僕はクロの肩に触れた。

「戦う前に少し時間をくれないかな」

「ん？　時間とは何だ？」

「大我と話してみたいんだ。戦闘になる前に」

「……説得するってことか？」

「うん。一応、クラスメイト……学友だったからね。戦わずにすむのなら、そうしたい」

「だが、どうやって話し合う？　そいつがリーダーなら、周囲をモンスターどもが守っているはずだぞ」

「それはなんとかするよ。創造魔法で」

唇を強く結んで、僕は鉱山のある南西に視線を向けた。

◇　◇　◇

夜空に浮かぶ二つの月が森を淡く照らす深夜、僕は高さ二十メートル以上の巨木の枝から、鉱山を見下ろしていた。

鉱山の中央にある平地には多くのモンスターが集まっている。

「ゴブリンにオークにオーガ……スケルトンもいるな」

僕はモンスターの数をざっと数える。

大体二百か。自警団の報告の半分だな。散らばって潜伏《せんぷく》してるのか、部隊を分けたのか。

その時、積み重なった岩の陰から大我が姿を見せた。

大我はダークエルフの男と話しながら、大きな穴の中に入っていく。

「これで大我の位置もわかったか」

僕はダールの指輪から小ビンを取り出し、中に入っていた緑色の粉を体にふりかけた。

僕の体が透明《とうめい》になり、周囲の景色と同化する。

これは『幻影スライムの欠片』と『七色蟲《なないろむし》の羽』『妖鏡石《ようきょうせき》』で作った、透明になれる粉だ。これを使えば、周囲にモンスターがいても、楽に大我に近づくことができる。効果時間は三十分と短いけど、多めに作ってあるから、何度も使用できる。

僕は巨木から下りて、鉱山に向かった。


透明になった僕はモンスターたちに気づかれることなく、穴の中に侵入できた。

穴の中は入り組んでいて、光る石が入ったカンテラが壁に掛けられていた。

前から足音が聞こえて、僕は壁に体を寄せる。

その横をダークエルフの男が通り過ぎていく。

さっき、大我と話していたダークエルフか。

ってことは、この先に大我がいるな。

僕は音を立てないように薄暗い穴の中を進む。

やがて、目の前に木の扉が現れた。扉の前には大きなタルが並べられている。

「ここは……鉱山で働いてた人たちの休憩《きゅうけい》場所か」

その時、扉の向こう側から女の声が聞こえてきた。

大我以外にも人がいるのか。

僕は扉に近づき、すき間から中を覗いた。

部屋の奥にあるベッドの上に大我がいた。半裸《はんら》の大我は猫の耳を生やした女の胸に触れている。女の首には拘束用の首輪《くびわ》がはめられていた。

「ふっ……ふぁあ……大我様ぁ……」

女は大我の名を口にしながら、茶色のしっぽをぱたぱたと動かす。

「私……大我様の奴隷になれて……幸せ……ですぅ」

「あぁ。お前は幸せさ」

大我が目を細めて、女の首筋を舐める。

「俺の奴隷でいれば、死ぬことはないし、食い物に困ることもない。それに気持ちよくもなれるぜ」

「は……はい。私は大我様の……もの……ですぅ……」

僕は扉から離れて、溜《た》めていた息を吐き出した。

相変《あいか》わらずの女好きだな。学校にいた時も複数の女子といろいろやってたみたいだし。

とりあえず、少し待つか。こんなことしてるってことは、当分、誰も来ないってことだろうし。

数十分後、女が扉から出てきた。

女は壁際にいた僕に気づくことなく、去っていった。

僕は音を立てないようにして、扉を開ける。

そして――。

「大我……」

僕の声に反応して、大我がベッドから上半身を起こした。

大我は僕の姿を見て、目を丸くした。

「優樹……か。どうして、お前がここにいる？」

「君と話がしたくてさ」

「……どんな話だ？」

「七魔将カリーネの配下になったみたいだね」

僕の口から漏れる声が低くなった。

「それって、人族の敵になるってことだよ」

「別に問題ないだろ」

大我が唇の両端を吊り上げ、側にあった大剣の刃に触れた。

「ここは日本じゃねぇ。何百人殺しても死刑になることもない。いや、殺せば殺すほど、評価が上がるんだ。魔族の中ではな」

「……そんな考えでいいの？」

「そんな考え？」

「自分が殺される立場になるかもしれないってことだよ」

僕はベッドに腰をかけている大我を見つめる。

「その覚悟が君にはあるの？」

「そんな覚悟をする必要はねぇな。今の俺を殺せる人族などいねぇし」

「それはわからないよ。Sランクの冒険者は強いし、君たちを倒すためにアクア国の軍隊も動いてる。絶対に安全なんてことはない」

「お前、この世界の奴らと関わってるのか？」

大我の質問に僕はうなずく。

「ヨタトの町で冒険者になったよ。そして、魔族の軍隊から村を守る仕事を受けてるんだ」

「つまり、俺の敵ってことか？」

「今のままなら、そうなるね」

「……それは、よくねぇな。お前は殺したくねぇ。いろいろと使えるからな」

大我は口角を吊り上げた唇を舌で舐めた。

「なあ、優樹。俺たちの仲間になれよ」

大我はさとすように言った。

「魔族の仲間になれってこと？」

「そうさ。霧人やエリナ、百合香もカリーネの配下になって楽しくやってるぜ」

「楽しく人を殺してるって意味？」

「そこまでは言わねぇよ。だが、悪くないぜ。圧倒的な力で他者の命を奪うのは」

大我はだらりと舌を出した。

「それにな。この世界は魔族が支配することになるんだ。人族の味方につくのは愚かだぞ」

「魔族が支配する？」

「ああ。魔族は人族よりも強い力を持ってるからな。特に七魔将は」

「……七魔将の一人は人族に倒されたはずだけど？」

「シャグールか。たしかにあいつはアクア国の兵士たちにやられたようだな。いや、Sランクの冒険者だったたか」

大我は首を傾けて頭をかく。

「たしかに七魔将でも状況によっちゃ、やられることもあるか。人族は集団での戦いが得意だからな。だが、それはまれな例さ。俺は殺されない」

「自分の能力に自信があるんだね」

僕は大我が触れている大剣に視線を向ける。

闇属性の大剣か。柄に『漆黒水晶』を埋め込んでいるってことは破壊力アップの効果がついてるな。この大剣を振り回せるのなら、相当パワーがあると思っていいか。

僕の視線に気づいた大我が大剣を手に取る。赤黒い刃の先端が壁を削《けず》った。

「こいつはカリーネからもらった特別な武器だ。大きさのわりに軽いし、破壊力も強化されてる」

「その武器だけが君の強さってわけじゃないよね？」

「もちろんさ。俺が手に入れた能力は圧倒的なパワーとスピードだ」

「能力を教えてくれるんだ？」

「すぐにわかる能力だからな。だが、それこそが最強なんだ」

　大我はにやりと笑った。

「今の俺は百本の矢を避けながら、オーガと殴り合うことができる。当然、目の前にいるお前も簡単に殺せるってことだ」

「仲間にならないなら、殺すってことかな？」

「そんなつもりはねぇよ。お前の食い物を出せる能力は貴重だからな」

　大我は大剣をベッドの上に置いて立ち上がった。

「カリーネの軍に入って、飯には不自由しなくなった。獣の肉は食い放題だしな。だが、味はいまいちなんだ。人族の奴隷に飯を作らせても元の世界の飯にはほど遠い」

「そうだろうね」

　僕は大我の言葉に同意する。

「僕たちの世界の料理は、この世界の料理より数ランク上だと思うよ」

「それをお前は何でも出せるんだな?」

「何でもじゃないよ。僕が食べたことがあるものだけかな」

「寿司やステーキを食ったことはあるよな?」

「そりゃあね。東京に住んでたし、人気の店にも行ったことあるよ」

「……ふーん。やはり、お前は俺のものにしておかないとな。そして由那も」

大我の目が針のように細くなった。

「優樹。今、ここで決めろ。俺たちの仲間になるか、敵になるかを!」

「君たちの仲間にはなれないよ」

僕は即答した。

「仲良くなった人たちがダホン村やステラ村にいるからね。君たちはそこを攻めるつもりなんだろ?」

「クラスメイトより、そいつらのほうが大事ってことか」

「寄生虫や役立たずと言われないからね」

「なるほど……な」

大我の声が低くなった。

「お前、間違った選択をしたぜ」

「間違った選択?」

「ああ。自分が殺されないと思って、調子に乗ってやがる。だが……お前の能力は足がなくても使えるよな？」

喋り終えると同時に大我が動いた。

ベッドの上に置いてあった大剣を掴み、片膝をつきながら、それを真横に振る。

赤黒い刃が僕の両足をすり抜けた。

「あぁっ⁉」

大我が大きく口を開けた。

「おっ、お前……」

「うん。ここにいる僕は立体映像なんだ」

僕は右手を前に出した。その手が大我の顔をすり抜ける。

「これは光属性の魔法と光学迷彩《めいさい》の技術を組み合わせたものだよ。君に触れることはできないけど、こうやって喋ることはできる」

「どこだ？　どこにいる？」

「近くの森の中だよ」

僕はウソをついた。

「だから、君がどんなに強くても僕を傷つけることはできないよ」

「……どうりで余裕なわけだ」

大我は大剣から手を放して立ち上がった。

「まあいいさ。ダホン村かステラ村に行けば、お前に会えるだろうし」

「……先に言っておくよ。これ以上、人族の村を攻めるのなら、僕は君たちを殺さないといけなくなる」

「殺すだと？」

「うん。仲間を守るためにね」

「はっ。お前に俺が殺せるのか？」

大我が鼻で笑った。

「お前は攻撃呪文を使えるようだが、そんなもん、余裕で避けてやるよ」

「それはどうかな」

「ほーっ。自信があるようだな」

「まあね。七魔将のシャグールも倒したし」

その言葉を聞いて、大我の笑みが消えた。

「……お前がシャグールを倒した？」

大我の質問に僕はうなずく。

「僕の力だけじゃない。でも、止めを刺したのは僕だよ」

「……ウソじゃねぇよな？」

「ちゃんと調《しら》べればわかると思うよ。今の僕はほどほどに知られてるから」

「マジかよ」

大我の声が掠れた。

「どうやって、シャグールを倒した？」

「僕が作ったマジックアイテムの銃だよ」

「銃……だと？」

「うん。こっちの世界の弓よりも速くて殺傷能力も高いよ。君はスピードに自信があるみたいだけど、絶対に避けられるとは限らない。背後から狙うって方法もあるしね」

「そんな卑怯な手を使う気なのか」

「奇襲攻撃なら、君もやったじゃないか」

僕は大剣を指さす。

「映像でなかったら、今頃、僕は両足を失《な》くしてたよ」

「殺すつもりはなかったぞ。回復呪文が使える奴に治療《ちりょう》させるつもりだったしな」

「そんな言い訳で、僕が納得すると思ってるの？」

大我の目を見つめて、僕は言葉を続ける。

「君が僕を殺さないのは、元の世界の食べ物を手に入れるためだ。でも、僕にとって、君は必要な存在じゃない」

「由那とは扱いが違うな」

「そりゃ、そうだよ。由那は僕の追放に反対してくれた唯一のクラスメイトだからね」

「それだけじゃねぇだろ。由那は見てるだけで興奮《こうふん》するようないい女になったからな」

大我は好色な笑みを浮かべた。

「で、由那の味はどうだった？」

「そんなことより、君はどうするの？　自分が死ぬかもしれない戦いを続けるのかな？」

「続けるしかねぇよ。今さら、人族の味方になるわけにもいかねぇし。それに魔族についたほうが多くの女を抱けるからな」

「それが君の選択ってことか」

僕は深く息を吐き出す。

「残念だよ。なるべくなら、戦いたくなかったんだけど」

「それは俺も同じさ。間違ってお前を殺してしまったら、二度と元の世界の料理が食えなくなるからな」

大我の瞳が夜行性の獣のように輝いた。

◇　◇　◇

鉱山の穴から出た僕は森の中に移動した。

巨木の幹に背を寄せて、額に浮かんだ汗をぬぐう。

「話しても無駄だったか」

ずっしりと体が重くなったような気がする。

大我が手に入れた能力は、由那の能力に近い。どっちが上かはわからないけど、特にスピードに自信があるみたいだ。

だから、間違った選択をしたんだろうな。

胸に手を当てて、僕はまぶたを閉じる。

今まで、何体ものモンスターや魔族を殺してきた。

でも、人族を殺したことはない。

脳裏に教室で笑っている大我の姿が浮かび上がった。

「僕も覚悟を決めるしかないのか」

いつの間にか、両手のひらに自分の爪が食い込んでいた。

◇　◇　◇

ダホン村の南にある巨岩の近くで、僕は由那、クロ、ティレーネと合流した。

大我のことを話すと、クロがカチリと牙を鳴らした。

「こうなったら、仕方ないな。その部隊と戦うしかないだろう」

「うん。ごめん。大我を説得できなくて」

「気にするな。そいつが愚かな選択をしただけだ」

クロの瞳が金色に輝く。

「優樹。その異界人は俺が殺る。スピードに自信があるようだが、箱庭の中の子猫だったとわからせてやろう」

「クロちゃん」

由那がクロの肩に触れた。

「気をつけたほうがいいよ。大我くんは運動能力が高いから」

「誰の心配をしてる？　俺は神速の暗黒戦士だぞ」

クロは不満げな表情で小さな鼻を動かす。

僕の隣にいたティレーネが口を開いた。

「こうなったら、やはり、こちらから奇襲するしかありません」

「そうだな」とクロが言った。

「だが、奴らも鉱山から動いているだろう。一直線にダホン村を目指すのなら、ルートは読みやすいが」

「自警団の者たちが森に散ってモンスターの動きをチェックしてます。遠話の呪文を使える者がいますから、ダホン村に近づいたら、連絡が入るはずです」

その時、猫の耳を生やした十代後半の女が茂みから姿を見せた。

「ティレーネ様。モンスターの部隊が北の湿地帯《しっちたい》からダホン村に近づいています！　数は約百体！」

「早いな。もう、動いてきたか」

ティレーネは短く舌打ちをした。

「お前は、ダホン村に行け！　すぐに迎撃《げいげき》の準備をするんだ！」

「わかりましたっ！」

女は大きな声で返事をする。

「由那、クロ！　僕たちも動こう」

僕は二人に声をかける。

「上手くいけば、こっちから奇襲できる」

僕と由那とクロは薄暗い森の中を走り出した。

草のつるをかき分けて獣道を進んでいると、先頭にいたクロが足を止めた。

クロはひくひくと小さな鼻を動かし、周囲を見回す。

「モンスターが近づいてくる。隠れるぞ」

僕たちは茂みの中に身を隠す。

数分後、ガサガサと音がして、モンスターたちが姿を見せた。

ゴブリンに鎧を装備したオーク、背丈が三メートル近いオーガもいる。

大我の部隊で間違いなさそうだな。ただ、大我はいない。数も百体程度なら、別の場所に三百体のモンスターがいるはずだ。

「優樹くん」

由那が五十メートル先の巨木を指さした。

その場所には銀髪のダークエルフの男がいた。

ダークエルフはオークに指示を出している。

あのダークエルフが部隊のリーダーみたいだな。

それなら……。

僕は腰に提げている魔銃零式に手を伸ばした。

「クロ、由那。僕がダークエルフを銃で倒すよ。そうすれば、この部隊はダホン村を襲う計画を変更するだろうから」

「ここから狙えるのか？」

クロの言葉に僕は首を左右に振る。

「ここからだと木の枝と草のつるが邪魔《じゃま》になって確実性がないよ。距離も遠いし」

「ならば、狙える位置に俺と由那がダークエルフを誘導してやる。お前はここで待て」

「二人で大丈夫？　モンスターは百体ぐらいいるんだよ？」

「相変わらず心配性だな」

クロは呆れた顔で僕を見た。

「少しは仲間の力を信じろ。俺も由那もSランクだぞ」

「そう……だったね」

僕は視線を由那に向けた。

「由那……頼むよ」

「うん。まかせといて」

由那は両手を胸元に寄せて、こぶしを作った。


数分後、北側からモンスターの悲鳴が聞こえてきた。

由那たちが動いたな。

襲撃《しゅうげき》に気づいたのだろう。ダークエルフが慌てた様子で腰に提げていた短剣を引き抜く。

その時、茂みから巨大な斧を手にした由那が姿を見せた。

由那は素早い動きで右に移動し、オーガの腹部に斧を叩きつける。オーガの硬い皮膚《ひふ》から赤黒い血が噴き出し、その巨体が横倒しになった。

「ギャギャ」

周囲にいたゴブリンたちが由那に襲い掛かる。

由那は体を半回転させて、斧を真横に振った。

四体のゴブリンの体が胴体から二つに分かれた。

圧倒的な由那の力に、モンスターたちは動揺《どうよう》した。オークたちがロングソードを構えたまま、じりじりと由那から離れていく。

「逃げるなっ！」

後方からダークエルフが叫んだ。

「敵は一人だけだ！　囲って殺せ！」

その言葉にオークたちの足が止まった。

ゴブリンたちが由那を取り囲もうとした時、東側からクロが現れた。

クロは低い姿勢でオークに近づき、高く跳んだ。クロの白い爪が長く伸び、紫色に輝く。

オークは大きく上半身をそらした。しかし、クロの爪の先端がオークのノドを斬り裂いた。

「ゴッ……ガッ……」

オークはノドを押さえたまま、両膝を地面につける。

クロはオークへの追撃をせず、近くにいたゴブリンを狙う。

ゴブリンはクロのスピードに対応できずに心臓を爪で貫かれた。

「さすが、クロだな」

逆時計回りにゴブリンを倒し続けるクロを見て、僕は魔銃零式を握り直した。

北側には由那がいるから、ダークエルフの動きが読みやすくなる。

他のモンスターといっしょに由那かクロと戦うか、それとも西に下がるか……。

ダークエルフは後者を選んだ。

周囲にいるモンスターに指示を出しながら、僕のいる西側に移動する。

作戦としては悪くない。リーダーが由那やクロと戦うのはリスクが高いし、撤退するにしても地形的に西側からのほうがいいだろう。

だけど、そこには僕がいる。

僕は木の陰から、魔銃零式を構えた。

距離は三十……二十五メートルか。

もう三歩動いてくれれば、枝葉に邪魔されることもない。

数秒後、魔銃零式の銃口の前にダークエルフが移動した。

ここなら、間違いない。命中補正《ほせい》効果もあるし、外すことは……ないっ！

引き金を引くと同時に銃声が響いた。

ダークエルフの側頭部《そくとうぶ》に小さな穴が開く。

「がっ……」

ダークエルフは呆然とした顔で地面に倒れた。

ダークエルフは魔力が強く、敏捷《びんしょう》で頭もいい。だけど、遠距離から銃で狙われたら、対処するのは難しいだろう。

リーダーを倒されたモンスターたちは動きがばらばらになった。

そのモンスターたちを由那とクロが次々と倒していく。

ここは少しでも大我の部隊の戦力を減らしておくべきだ。

僕は茂みから出て、逃げてきたゴブリンに銃口を向けた。


僕たちが倒したモンスターは五十体を超えた。

四十体近くは逃げられたけど、もう、ダホン村を襲うことはできないだろう。

「上手くいったな」

クロが僕に歩み寄った。

「お前がリーダーのダークエルフを倒したおかげで、楽にモンスターを殺《や》れたぞ」

「うん。こっちの計画通りにダークエルフが動いてくれたからね」

「そうなるように俺が誘導したからな。まあ、奴はどう動いても死ぬ運命だった。俺や由那に突っ込んできてもな」

　クロは自慢げに胸を張った。

「で、これからどうする？　逃げたモンスターを追うか？」

「いや。大我の部隊の動きが気になるし、一度、村に戻ろうと思う。村を守ってる自警団の人たちと情報共有しておきたいし」

「……ふむ。それも手だな。どっちにしても、奴らが攻める場所はダホン村になるだろうからな」

「うん。じゃあ、すぐに移動しよう」

　僕たちは転移の呪文を使って、ダホン村に移動した。

◇　◇　◇

　鉱山の北にある草原に大我はいた。

　既に夜になっていて、冷たい風が周囲の草を揺らしている。

「大我様」

ダークエルフの男が大我に声をかけた。

「ギルドール様への報告はどうしますか？」

「……報告？」

「はい。三人の強者がいることは伝えておくべきではないかと」

ダークエルフが声を潜《ひそ》める。

「奴らは私の弟と五十体以上のモンスターを数分で殺したのです。危険な相手だと思いますが」

「まっ、危険なのは間違いないな」

大我は短く切った髪に触れる。

――用心のために別働隊だけをダホン村に向かわせたが、まさか、こんな結果になるとはな。シャグールを倒したというのもウソではないってことか。

――なるべくなら、優樹は殺したくないが、手加減できるような相手じゃなさそうだ。元の世界の食い物が食えなくなるのはつらいが、優樹を殺せば由那は手に入る……か。

大我は上唇を舌で舐める。

――それも悪くないか。由那は奴隷にした女どもより十倍はそそる女だからな。

「……よし！　遠話の準備をしろ。俺がギルドールと話す」

――ギルドールに増援《ぞうえん》部隊を要請《ようせい》して、一気にダホン村を落としてやる！

◇　◇　◇

「たっ、大変だよ！　優樹くん！」

ダホン村の空《あ》き家《や》で仮眠をしていた僕の肩を由那が揺らした。

「偵察の人から連絡が入ったの。東からモンスターの部隊がダホン村に近づいてきてるみたい」

「……東から？」

僕はまぶたをぱちぱちと動かしながら上半身を起こした。

「うん。五百体以上の部隊みたい」

由那は東の方向に視線を向ける。

「クロちゃんと自警団の人たちが東の草原で戦うって」

「わかった。僕たちも行こう」

僕は由那といっしょに空き家を飛び出した。

東の草原に行くと、自警団の人たち、約百人が集まっていた。

全員の顔が緊張していて、中には震えている者もいる。

僕はクロに駆け寄った。

「クロっ！　状況は？」

「モンスターどもがここに来るのに一時間ってところだな」

クロは金色の瞳で自警団の人たちを見回す。

「戦力差は歴然《れきぜん》だな。まともに戦ったら、十分ももたないだろう」

「そう……だね」

自警団の人たちは戦闘に慣れているわけじゃない。普段は別の仕事をしてるし、Fランクの冒険者レベルと思っておかないと。

「あ……」

僕は自警団の中に領主代行をしているシャロットがいることに気づいた。

僕はシャロットに声をかけた。

「シャロットさん。どうしてここに？」

「あ、優樹様」

シャロットは僕の前で頭を下げた。

「商人から手に入れた回復薬を持ってまいりました。少量ですが」

「それは有り難いですけど、ここは危険です。すぐに村に戻ってください」

「優樹の言う通りです」

自警団のリーダーの青年アルゼンが言った。

「早く村の避難所《ひなんじょ》に隠れて……」

「いいえ。私も戦います」

シャロットは腰に提げた小さな杖を手に取った。

「私は火球の呪文が使えます。威力はたいしたことありませんが、ゴブリン一匹ぐらいなら、なんとかなります」

「しかし、あなたに何かあれば」

「それは皆さんも同じです。だから、私も戦います！」

シャロットの言葉に村人たちの瞳が潤《うる》んだ。

「よし！　やるぞ！」

帽子《ぼうし》をかぶった村人が声をあげた。

「ここにいるみんなで俺たちの村を守るんだ！」

「おおーっ！」

村人たちの声が草原に響き渡る。

「戦う覚悟はできたようだが……」

クロがぼそりとつぶやく。

「それだけでは勝てんな」

「……いや。なんとかなるかもしれない」

僕は草原を見回す。

この地形なら、上手くいけば……。

「アルゼンさん。自警団の皆さんを全員集めてもらえませんか」


一時間後、草原の奥の茂みから、モンスターたちが現れた。

トカゲのような顔をしたリザードマンたちが三日月刀を手にしている。数は……三百以上はいるだろう。

「モンスターの主力はリザードマンのようだな。あとはゴブリンか」

隣にいたクロが言った。

「真ん中にいるでかいリザードマンが見えるか？」

「うん。あれがリーダーだろうね」

僕は金色の鎧を装備した大柄のリザードマンを見つめる。

あの鎧はマジックアイテムだし、周囲のリザードマンの態度からも、まず、あいつがリーダーだろう。

僕は視線を横に向ける。草原の端に村人たちが一列に並んで立っている。

これは横陣《おうじん》とは言えないな。でも、正面にいるモンスターたちから見たら、それっぽくは見えてるか。

モンスターたちは五百体の部隊を三つに分けた。

「警戒してるようだな」

クロがモンスターの動きを眺めながら、口だけを動かした。

「まとめて突っ込んでくれれば楽だったが、そう上手くもいかんか」

「うん。でも、想定内だよ」

「ああ。俺が動けばいいだけだ」

「今度は一人だから、負担《ふたん》が大きくなるね。由那は自警団の人たちの守りに回したから」

「ティレーネは村を守らせているからな。仕方ないだろう」

クロは軽くジャンプして首を回す。

「まあ、今回は無理にモンスターを倒す必要はない。数は多いが、なんとかなるだろう」

その時、中央に集まっていたモンスターたちが動き出した。

「では、行くか。戦闘が終わった後は、シュークリームだからな」

そう言うと、クロはモンスターの部隊に突っ込んでいく。

同時に僕は呪文を使用する。

ダールの指輪の中に入っている魔力キノコと『赤炎石《せきえんせき》』を組み合わせる。

数十本の炎の矢が僕の頭上に具現化され、モンスターに向かって飛んでいく。

その矢をリザードマンたちが三日月刀で受ける。

ほとんどダメージはないか。威力を弱くして、その分、数を増やしてるからな。

クロが先頭にいたゴブリンを爪で斬り裂き、モンスターたちの動きを止める。

数体のリザードマンがクロを取り囲もうとしたが、その前にクロは右に移動する。

圧倒的な速さにリザードマンたちはついていけない。

さすが神速の暗黒戦士だ。速さだけじゃなく、集団との戦い方を理解してる。

小さな体を低くして動き回り、敵を倒すよりも避けることを優先している。モンスターたちもクロを取り囲もうとしてるけど、その動きもクロは予想してるからな。

こうなると、数が多くても、あまり意味がない。クロのスピードに対応できるモンスターがいなければ。

僕はクロに当たらないように炎の矢の呪文を使い続けた。

たとえ、致命傷の攻撃にならなくても、炎の矢が体に刺されば痛みはあるし、場所によっては動けなくなる。

とにかく、今はこっちに突っ込ませないことが重要だ。

膠着《こうちゃく》した状況にリーダーのリザードマンが動いた。マジックアイテムらしき大剣を手に持って走り出す。

残った二つの部隊も同時に動いた。威嚇《いかく》の鳴き声をあげて、前に進む。

この展開は僕が望んでいたものだった。

リーダーのリザードマンは炎の矢の威力が弱いと気づき、一気に攻められると思ったんだろう。好戦的で単純な戦いを好むモンスターの部隊なら、一番選択しそうな戦い方だ。

僕が右手を上げると、クロが戦いを止めてモンスターの部隊から離れていく。

よし！　予定通りだ。

魔力キノコと『動く隕石』『天界龍《てんかいりゅう》のウロコ』『ウラム石』を使って……。

空が真っ白に輝き、モンスターたちの頭上から、光属性の呪文『ホーリーメテオ』が降り注ぐ。

黄白色の光が雨のようにリザードマンとゴブリンの体を焼く。

「ギャ……ギュア……」

「ガガッ……ゴッ……」

モンスターたちは、頭を両手で押さえたまま、次々とその場に倒れていく。

「ガアアアッ！」

金色の鎧を装備したリザードマンが怒りの声をあげて、僕のいる方向に突っ込んできた。

あの鎧……魔法耐性があるみたいだな。『ホーリーメテオ』のダメージを軽減したか。

だけど……。

僕は魔銃零式を手に取り、銃口をリーダーのリザードマンに向けた。

エクスプローダー弾を装填して、近づいてくるリザードマンに向かって引き金を引く。

銃声が響き、黄金色の鎧を貫いたエクスプローダー弾が爆発した。

「がぁ……っ」

リーダーのリザードマンの体に穴が開き、そのまま前のめりに倒れた。

エクスプローダー弾は魔法攻撃じゃないからな。鎧に魔法耐性があっても関係ない。

視線を動かすと、数百体のモンスターが草の焼けた草原に倒れていた。

草原の端にいたモンスターは逃げたみたいだけど、ほとんど倒せたみたいだ。

これで別働隊はなんとかなったか。

「おっ、おい」

自警団のリーダー、アルゼンが声を震わせて僕の肩を掴んだ。

「何だ、この呪文は？」

「僕が創造したオリジナルの呪文だよ」

僕はアルゼンの質問に答える。

「元の世界の科学の知識で、光属性の呪文の威力を強めたんだ」

「威力を強めたって……これはありえないだろ」

アルゼンは口を半開きにしたまま、倒れたモンスターを見回す。

「五百体のモンスターを一発の呪文で全滅させるなんて、王宮魔道師のセルフィナ様だって、不可能だぞ」

周囲にいた村人たちもぽかんと口を開けて、僕を見つめている。

この呪文は見た目も派手《はで》だし、威力もとんでもないからな。

みんなが驚くのも無理はないか。

「優樹様」

シャロットが僕に駆け寄った。

「ありがとうございます。優樹様の高位呪文のおかげで誰もケガをしませんでした」

「運がよかったんです」

僕は視線を草原に向ける。

「この地形と皆さんが協力してくれたおかげで、モンスターの部隊を上手く誘導できました。本当によかったです。この呪文は一度しか使えないから」

「そうなのですか？」

「はい。呪文に使うレア素材が、もうなくて」

僕は左手でダールの指輪に触れる。

『ホーリーメテオ』の呪文は使えなくなったけど、別の呪文ならまだ使える。

とにかく、状況をしっかりと判断して、呪文を使っていかないとな。

「シャ、シャロット様！」

突然、茂みから猫の耳を生やした冒険者が姿を見せた。

「大変です！　村がモンスターに襲われてます！」

大我の部隊か！

僕は唇を強く噛んだ。

僕たちと別働隊を戦わせておいて、その隙に村を攻めたか。

「由那っ、クロ！　僕に掴まって。すぐにダホン村に戻るよ！」

僕たちは転移の呪文を使って、ダホン村に移動した。

『時空鉱《じくうこう》』で印をつけたフラウ家の屋敷の前に転移すると、西側に二体のオーガがいた。

オーガの周りには三十体以上のゴブリンがいて、村人たちを襲っている。

「先に行くぞ！」

「私も行く！」

クロと由那が走り出した。

僕もすぐに二人を追いかける。

大我の姿はないか。どこにいる？

走りながら周囲を見回すと、何人もの村人たちが倒れているのが見えた。

僕は短く舌打ちをして、斜面を駆け下りる。

とにかく、まずは村に入り込んでるモンスターを全部倒す！　もう少しすれば草原にいた自警団の人たちも戻ってこれるはずだ。

家に火をつけていたゴブリンを魔銃零式で倒しながら、僕は西に進む。

由那たちと合流すると、既に二体のオーガは倒されていた。

「由那っ！　大我はいた？」

「ううん。いないよ」

由那は首を左右に振る。

「だけど、さっき、笛《ふえ》みたいな音がして、ゴブリンが逃げ出したの。大我くんが指示してるのかも」

「逃げ出した？」

「そうだ」とクロが答えた。

「俺たちが戻ってきたことに気づいたんだろうな。つまり、俺たちと戦う気はないってことだ」

クロは両足のかかとを上げて背伸びして、周囲を見回す。

「他の場所にいたモンスターどもも西の森に逃げたようだな」

「みたいだね……」

僕は倒れている村人を見て、唇を強く噛む。

その時、フラウ家のメイドの少女が僕に走り寄ってきた。

「優樹様。ティレーネ様が……モンスターにさらわれましたっ！」

「えっ？　ティレーネさんが？」

「はっ、はい。避難所の前で黒髪の男に倒されて」

少女は青ざめた顔で避難所がある方向を指さす。

人質に使うつもりか。

「由那っ、クロ！　二人は村を守ってて！　僕がティレーネさんを取り戻す！」

僕は西の森に向かって走り出した。


木々の間をすり抜けるようにして進むと、地面に多くのモンスターの足跡があった。

「方向は間違ってないな」

僕は足跡を確認しながら、落ち葉が積もった斜面を登る。

人の背丈ほどある野草をかき分けると、数十体のモンスターが川を渡ろうとしていた。

大我とティレーネは……いないか。

でも、このモンスターたちは逃がさない。

僕は走りながら、ダールの指輪に収納している魔力キノコ、『雪蟲の粉』、『水竜《すいりゅう》の血《ち》』

を組み合わせる。

浅い川の中にいたモンスターたちに向かって、僕は『氷結嵐《ひょうけつあらし》』の呪文を使用した。

モンスターたちの体と川の水が一瞬で凍りついた。

僕は魔銃零式を手にして、モンスターたちに近づく。

全員が死んでいることを確認して、ふっと息を吐き出す。

足を水につけてたから、呪文の効果が強くなったんだろうな。

顔を歪めたまま凍っているゴブリンの頭部を銃口で軽く叩く。

どうやら、大我は別方向に逃げたみたいだ。もしかしたら、こいつらをおとりにしたのかもしれない。

「上手く逃げたと思ってるかもしれないけど、そうはいかない」

僕は魔力キノコと『光《ひかり》ゴケ』、『黄金蜘蛛《こがねぐも》の糸』を組み合わせて、『トレース』の呪文を使用した。

トレースは、過去に触れた相手のいる位置を探る呪文だ。

直径十センチほどの光球が現れた。光球は風に揺れる風船のような動きで上流に向かう。

「ティレーネさんの手には触れたことがあるからな」

僕は光球を追って、川沿いの獣道を走り出した。

◇　◇　◇

水滴の落ちる音でティレーネは目を覚《さ》ました。

まぶたをぱちぱちと動かしながら視線を動かすと、自分の手足が縛られていることに気づいた。

ティレーネは縛られた両手を動かして、上半身を起こす。

「こ……ここは？」

「洞窟の中だよ」

男の声が十メートル四方の穴の中に響いた。

「誰だっ？」

「村でお前と戦った男だよ」

暗がりから大我が姿を見せた。大河は唇を舐めながら、ゆっくりとティレーネに近づく。

「お前……黒崎大我だな」

「んっ！　俺の名前を知ってるのか？」

「……優樹から聞いてたからな」

ティレーネは大我をにらみつける。

「正気なのか？　異界人とはいえ、お前は人間なんだぞ！　それなのに魔族の味方をするとは」

「そっちのほうが好き勝手やれるからな」

大我はティレーネの前でしゃがみ込んだ。

「……ふーん。やっぱり、エルフはいい。顔立ちが整ってるし、緑色の瞳が宝石みたいだぜ。お前を人質に選んだのは正解だったな」

「私に人質の価値などないぞ」

ティレーネはにやりと笑った。

「私はフラウ家に仕えるただの騎士だ。シャロット様と交渉する気だろうが、無意味だったな」

「ダホン村の奴らと交渉する気はねぇよ。俺が交渉するのは優樹だ」

「優樹と？」

「ああ、そうさ。優樹はお前たちを大切に思ってるようだ。甘い奴だし、人質は有効だと思うぜ。それに……」

大我はティレーネに顔を近づける。

「お前、優樹と仲がいいんじゃないのか？」

「だったら、どうした！」

ティレーネは金色の眉を吊り上げる。

「優樹もわかってるはずだ。たった一人の人質など無視して魔族を倒すことが正しい道だとな」

「それはこっちの世界の考え方だな。俺たちの世界じゃ、もっと命を大事にする。そんな教育を受けてるんだ。そして、優樹はその考えを今も持っている。いや、それ以前に、お前はただの人質じゃない」

「どういう意味だ？」

「そそる女ってことだよ」

大我はティレーネのあごを指先で上げる。

「いいねぇ。エルフの奴隷もいるが、お前は別格だ。外見だけじゃない高貴《こうき》な美しさを感じるぜ」

「やっ、やめろ！」

ティレーネは首を激《はげ》しく左右に振る。

「さっさと私を殺せ！」

「殺すわけねぇだろ。こんな極上の奴隷を」

大我はティレーネの尖った耳を舌で舐める。

「くっ……貴様っ！」

ティレーネは縛られた手で大我を押しのけようとする。

「おいおい。無駄なことするなよ。まっ、抵抗する女とヤルのも悪くないがな」

大我の手がティレーネの太股の内側に触れた瞬間、洞窟内に銃声が響いた。

「があっ！」

大我は苦痛に顔を歪めて、ティレーネから離れた。

その視線の先に魔銃零式を構えた優樹が立っていた。

◇　◇　◇

「どうして、俺たちがここにいるってわかった？」

右肩から血を流しながら、大我は僕に質問した。

「追跡《ついせき》の呪文があるんだよ」

僕は銃口を大我に向けたまま、口だけを動かす。

「部隊とは別の場所に隠れるのはいい作戦だけど、僕には通用しない」

「……なるほど。そんな呪文まで使えたとはな。予想外だったぜ」

大我は、ちらりとティレーネを見る。

「少しでも動いたら撃つよ」

「撃つ……か」

大我はにやりと笑った。

「さっきは不意をつかれたが、今の状況は違うぞ。俺のスピードなら一秒の半分もかからずにエルフの首の骨を折れるぜ」

「それは止めたほうがいい。君が動いたら、僕は引き金を引くから」

「やってみろよ。一発や二発撃たれても、俺は止まらないがな」

「言っとくけど、今、装填してる弾はさっき撃った弾とは違うよ」

「……違う？」

「うん。この銃はいろんな弾丸を撃つことができるんだ。当たれば、オーガでも即死するような弾丸もあるよ」

僕の言葉に大我の右頬がぴくりと動いた。

「優樹っ！　私のことなど気にするな！　こいつを殺せ！」

ティレーネが叫んだ。

「私は死んでもいい。こいつを殺せるのなら本望《ほんもう》だ！」

「って言ってるけど、どうする？」

僕は銃口を大我の顔に向けた。

「……なら、しょうがねぇ。お前とガチで戦うことにするか」

大我は左足を一歩前に出し、両手をこぶしの形に変える。

「今度は映像じゃなさそうだしな」

「やめたほうがいいと思うよ。多分、君じゃ僕には勝てない」

「ほーっ！　強気じゃねぇか。だが、お前は俺の本気の速さを知らないだろ？」

「銃より速く動けるって言うの？」

「それを今から試すのさ」

大我はゆらゆらと上半身を揺らす。

「素手《すで》だからって、甘く見ないほうがいいぞ。人間を殺すぐらいなら、武器は必要ないんだからな」

僕は無言で銃口を右に動かす。

その動きを見て、大我が笑った。

「優樹。やっぱり、お前は甘いな」

「甘い？」

「ああ。俺を殺さないように銃口の位置を顔から肩に変えただろ？　そういや、さっきも背中側から肩を狙ったな。頭を撃てば、俺を殺せたのに」

「……そうだね」

僕は大我から視線を外さずに唇を動かす。

「正直言うと、モンスターと違って人を殺すのは抵抗があるよ」

「だろうな。それがお前の限界ってこと……」

会話の途中で大我が動いた。

右足で地面を蹴って、一気に左に……。

「があああっ！」

突然、大我が倒れた。

大きく口を開けて、ぴくぴくと体を痙攣《けいれん》させる。

「なっ、何を……した？」

「よかった。上手くいったみたいだ」

僕は倒れている大我を見下ろした。

「上手く……いった？」

「うん。最初に撃った弾丸――『神痛弾《しんつうだん》』は特別製でね。人間の限界を超えた動きに反応して、痛覚《つうかく》を刺激するんだ」

僕は大我に銃口を向けたまま、説明を続ける。

「高価なレア素材をいくつも使ったけど、それだけの効果はあったかな」

「てっ、てめぇ」

大我はぎりぎりと歯を鳴らした。

「ひ……卑怯な真似しやがって」

「別にいいだろ。君だって、人質を取ろうとしてたんだから」

「ぐっ……くそっ！」

大我は足を震わせて立ち上がった。

「この程度でっ……があああっ！」

大我は胸を押さえて片膝をつく。

「無駄だよ。一度きりの効果じゃないから」

「……い……いつまで続くんだよ？」

「弾丸が体に残ってる限り、ずっとかな」

「ずっと……だと？」

大我の顔が青ざめた。

「あ……弾丸を取り出すのはやめておいたほうがいいよ。弾丸は君の体に入った後、細い糸を伸ばして、臓器《ぞうき》や血管に巻き付いてるから。無理に取ろうとしたら、出血して死ぬことになるよ」

「は……はぁっ!?　何だそりゃ！」

唇を歪めて、大我は僕を見上げる。

「そんな恐ろしい弾丸で俺を撃ったのかよ」

「死ぬよりマシだろ」

いつもより低い声で僕は言った。

「安心しなよ。君が特別な力を使わなければ、この世界で普通に生きていけるから」

「普通だと?」

「そう。ボクシングの高校チャンピオンの君なら、なんとでもなるよ」

「冗談じゃねぇ!」

大我は怒りの声をあげた。

「普通の人間に戻ったら、俺の価値はなくなっちまうんだ! そんな人間がモンスターの部隊をまとめられるわけねぇだろ!」

「なら、一兵卒として戦ったらいいじゃないか。ゴブリンたちと同じように」

「バカか! ゴブリンは使い捨てのモンスターだぞ。そんな奴らと俺をいっしょにするな!」

大我はこぶしを握り締め、一歩前に出た。

「それ以上、近づかないほうがいいよ」

僕は銃口を大我の胸に向ける。

「君と殴り合う気はないからね。僕は銃を使わせてもらう」

「俺は能力が使えなくなったんだぞ?」

「関係ないね。君は僕たちが別働隊と戦ってる間に村を襲った。あげくにティレーネさんを人質に取ったんだ。そんな手を使う相手なんだから、こっちも正々堂々と戦う必要はないだろ」

「……くそっ！」

大我は後ずさりして、奥の通路から逃げ出した。

「ティレーネさん。大丈夫ですか？」

僕はティレーネの手足を縛っていた縄《なわ》を解いた。

「あ、ああ。問題ない」

ティレーネは緑色の瞳を揺らめかせて、僕を見つめる。

「助けにきてくれたんだな」

「当然ですよ。ティレーネさんは大切な友人だから」

「大切な……」

ティレーネの頬が赤く染まった。

「とりあえず、外に出ましょう」

「あっ、そうだ。ダホン村は大丈夫なのか？　シャロット様は？」

「大丈夫です。ダホン村にはクロと由那がいるし、シャロットさんも自警団の人たちといっしょですから」

「そうか。よかった」

ティレーネは胸に手を当てて、深く息を吐き出した。

◇　◇　◇

転移の呪文でダホン村に戻ると、シャロットがティレーネに抱きついてきた。

「無事だったのですね」

シャロットは充血した目でティレーネを見上げる。

「申し訳ありません。不覚を取ってしまいました」

ティレーネは片膝をついて、頭を下げる。

「ですが、優樹のおかげで、ここに戻ってくることができました」

「……ええ。本当によかった」

シャロットは涙をぬぐいながら、僕に視線を移す。

「優樹様。感謝します。ティレーネを助けてくれて」

嬉し涙を流すシャロットを見て、僕の頬が緩んだ。

「おいっ、優樹」

クロが僕のズボンを掴む。

「リーダーの異界人はどうした？」

「……逃がしたよ」

「逃がした？」

「うん。でも、大我は危険な存在ではなくなったから」

僕は大我の能力を封《ふう》じたことを、みんなに話した。

「……だから、大我は普通の人間に戻ったよ。もう、特別な能力を使うことはできない」

「なるほどな」

クロは胸元で腕を組んだ。

「甘い判断だが、顔見知りなら仕方のないことだろう」

「……うん」

僕は唇を強く結ぶ。

間違いのない選択は大我を殺すことだ。だけど、それは抵抗があった。そう簡単に元の世界の考え方が変わるわけじゃない。

「まあいい」

クロは右手の爪をかちかちと動かした。

「次に奴が攻めてきたら、俺が殺してやる。俺は優樹と違って敵に情けをかけることはないからな」

「……クロは強いな」

僕はクロの肩に手を置く。

ここは平和な日本じゃない。そのことだけは心に留《と》めておかないと。

◇　◇　◇

その日の夜、大我は七魔将カリーネの副官であるギルドールの前にいた。

ギルドールは背丈が二メートルを超えていて、亀のような姿をしていた。全身の肌は青黒く、無数の突起物《とっきぶつ》のある甲羅《こうら》を背負っている。

「……なるほどな」

ギルドールはしゃがれた声でつぶやいた。

「シャグールを倒した男の実力はホンモノのようだ」

「あ、ああ」

大我は引きつった顔でうなずく。

「奴の武器も呪文も危険だ。注意したほうがいい」

「わかってる。奴は一発の呪文で五百近いモンスターを殺したからな」

ギルドールは尖った歯の奥の舌を動かした。

「だから、俺にダークエルフの部隊を貸してくれ！　あいつらなら少数で優樹を殺せるんだ！」

　大我は目を血走らせて、歪んだ唇を動かす。

「能力がなくなっても、俺は役に立つ。部隊の指揮にも慣れてきたしな」

「能力がなくても……か」

　ギルドールは素早く右手を動かし、大我の肩を突いた。

「があああっ！　なっ、何をする？」

　大我は肩を押さえながら、後ずさりする。

「ほう。この程度の攻撃も避けられなくなったのか」

　ギルドールは尖った爪についた大我の血を舐める。

「前はスピードが自慢だったが、これはいかんな」

「だから、さっき話しただろ。優樹に特別な弾丸を撃ち込まれてるんだよ。そいつを取り除けば、能力は戻るんだ」

「ならば、俺が取ってやる」

「無理だ！　強引に取ろうとしたら臓器や血管が傷ついて死んじまうんだよ」

「安心しろ。回復呪文が使える奴もいる。多少、血が出ても大丈夫だろう」

「だっ、ダメだ！」

　大我は、ぶんぶんと首を左右に振る。

「そんな危険な賭けには乗れねぇ。失敗したら俺が死ぬんだぞ！」

「それがどうした」

ギルドールは首を傾けた。

「その金属を取らなければ、お前は役立たずだ。無理なら死んでも構わないだろう」

「あ……」

大我の顔から血の気《け》が引いた。

「で、その金属は肩の辺りに入ってるんだな？」

「ひ……ひっ！」

大我はギルドールに背を向けて走り出した。

「逃げてどうする」

ギルドールは素早い動きで大我に追いつき、背中側から大我の左肩を爪で貫いた。

「があ……っ！」

大我は大きく目を見開いて地面に倒れた。大量の血が地面を赤く染める。

「んーっ？　この肉の中にはないな」

ギルドールは手の中にある大我の肉を投げ捨てる。

「ち……違う。弾丸が入って……るのは……右肩……」

大我の声が小さくなり、目から輝きが消えた。

「ああ。そうか。じゃあ、右を……んんっ？」

ギルドールは大我が死んでいることに気づいた。

「何だ。この程度で死ぬのか。人間はもろいな」

大我の死体を見下ろしながら、ギルドールは頭をかく。

「まあいい。異界人は、まだ三人いるからな」

◇◇◇

二日後、僕はダホン村の空き家で、ダールの指輪に収納した素材のチェックをしていた。

うーん。いろいろと素材が足りなくなってきたな。

呪文を使用する時に使う魔力キノコは余裕があるけど、時空鉱が残り七個か。これは転移の呪文で使うから、切らしたくないんだよな。

僕は頭をかきながら、ため息をつく。

創造魔法は万能とも言えるけど、素材がなければ何もできない。強い効果がある武器を作ったり、呪文を使ったりする時には希少《きしょう》なレア素材が必要になる。

ジュエルドラゴンを倒して手に入れた報酬《ほうしゅう》も、レア素材を買いまくって、ほとんどなくなったからなぁ。

「まあ、手元にある素材でやりくりしていくしかないか」

大きく背伸びをして、僕は首を軽く回した。

その時、扉が開き、ティレーネが部屋に入ってきた。

「優樹。モンスターの軍隊の動きがわかったぞ」

ティレーネは持っていた地図を開き、ダホン村から北東にある平原を指さす。

「黒崎大我が指揮していた別働隊は本隊と合流したようだ」

「ダホン村を攻めるのは諦《あきら》めたってことですか？」

「その可能性が高いだろうな」

ティレーネは平原の北側に指を移動させる。

「この場所にアクア国の軍隊が陣《じん》を敷《し》いた。数は約二万」

「二万ですか。多いですね」

「ヨタトの町の兵士に加えて、王都からも応援の部隊が合流したからな。なんとしてもステラ村を守ろうとしてるのだろう」

「それで魔族の指揮官が兵力を集中させたのか」

「ああ。だが、モンスターの数も今は一万を超えているようだ。増援したのだろうな」

「一万か……」

僕はじっと地図を見つめる。

モンスターの数のほうが少ないけど、油断はできないな。多くのモンスターは人族よりも身体能力が高いし。

「こうなったら、祈るしかないな」

ティレーネは尖った耳にかかった金色の髪の毛をかき上げた。

「アクア国の軍隊が平原の戦いに勝利すれば、七魔将のカリーネは諦めるだろう。だが、軍隊が敗《やぶ》れれば、ステラ村は落ちる」

「そしてダホン村も孤立する……か」

「そうだ」とティレーネは言った。

「魔族はステラ村の南側を支配地とするだろう。つまり、ダホン村も魔王ゾルデスの領地になるということだ」

「それはマズイですね」

僕は唇を強く噛む。

この周辺がゾルデスの領地になれば、ダホン村を守るのは厳しくなる。

「……ティレーネさん」

「んっ？　何だ？」

「僕は北東の平原に行きます！」

「なっ、何を言ってる？」

ティレーネは僕の肩を両手で掴んだ。

「お前の強さは理解してるが、この前の高位呪文は、もう使えないのだろう？」

「はい。でも、他にも使える呪文や武器はありますから」

僕は腰に提げている魔銃零式に触れる。

「僕一人でもやれることはあるはずです」

「一人？　クロ様と由那は？」

「二人にはダホン村を守ってもらいます。だから、安心してください」

「違う！　私が心配してるのは、お前のことだ！」

ティレーネは叫ぶように言った。

「戦場に近づけば、至《いた》る所にモンスターがいるぞ。アクア国の軍隊と合流する前に襲われるかもしれん」

「大丈夫です。転移の呪文が使えるから」

「だが……」

「もう決めたんです」

ティレーネを落ち着かせるために、僕は笑顔を作った。

「創造魔法を使えば、きっと、戦況を有利にすることができます」

「優樹……」

　ティレーネの緑色の瞳が潤む。

「お前は私たちのために行くんだな？　ダホン村を救うために」

「……それだけじゃないですよ。僕の目的は魔王ゾルデスを倒すことだし、お金や名声も手に入るから」

「金や名声？」

「ええ。きっと、お城のような豪華《ごうか》な家に住めるだろうし」

「……バカ」

　ティレーネは僕の胸をこぶしで叩く。

「お前が、そんなものに興味ないことぐらいわかるぞ」

　ティレーネの頬が緩んだ。

「優樹……約束してくれ」

「約束、ですか？」

「ああ。絶対に生きてここに戻ってくると」

　真剣な顔をして、ティレーネは僕を見つめる。宝石のような瞳に僕の顔が映っていた。

「……わかりました。絶対に戻ってきますから」

　僕はティレーネの手をしっかりと握った。

◇　◇　◇

その日の夕方、僕は一人でダホン村を出発した。

暗い森の中には所々に森クラゲが浮かんでいて、周囲を淡く照らしている。

三時間ほど歩き続けると、目の前に川が流れていた。近くに滝があるのか、水が落ちる音が僕の耳に届く。

僕はティレーネから受け取った地図を確認する。

「方向は間違ってないな」

水筒に入れた水を一気に飲み干し、額に浮かんだ汗をぬぐう。

体力回復の薬も作ってるけど、今は温存しておくか。いっぱいあるわけじゃないからな。

「あ……」

足元の野草の中に銀色に輝く花が生えていることに気づいた。

「『銀《ぎん》リンドウ』か。こんなところでレア素材を見つけられるのは幸運だな」

僕は銀リンドウを手に取り、ダールの指輪に収納した。

銀リンドウがあれば、考えていた地属性の高位呪文が使える。

ヨタトの町のアイテム屋を回ったけど、どこも品切れだったからな。

「これで使える手が一つ増えたな」

僕はこぶしをぐっと握り締めた。

◇　◇　◇

ダホン村の北東にある平原にカースト上位グループの霧人、エリナ、百合香がいた。

エリナは霧人と百合香に大我が死んだことを伝えた。

「ってわけで、大我くんは元の世界に続いて異世界からも退場ってわけ」

「……ふーん。これは予想外かな」

百合香はショートボブの髪の毛に触れながら、首を傾ける。

「まさか、大我くんがギルドールに殺されるとはね。実力的には大我くんとギルドールは互角《ごかく》と思ってたんだけど」

「特別な力が使えなくなったからよ。ボクシングじゃ、魔族は倒せないしね」

エリナは肩をすくめる。

「で、大我くんの能力を使えなくしたのは優樹くんなのね？」

「は、はい」

エリナの側にいた十歳ぐらいのダークエルフの少年が大きくうなずいた。

「大我様がギルドール様に話していたのです。小さな金属が大我様の体の中に入っていて、そのせいで能力が使えないって」

「うん。いい情報よ。これからも、ギルドールの近くにいて、いろんな情報を教えてね」

「は、はい」

少年は金色の瞳を輝かせて、エリナを見上げた。その頬が赤く染まっている。

百合香がため息をつく。

「悩《なや》ましい状況ね。優樹くんは私たちの予想以上に強いみたい。これじゃあ、奴隷にするのは厳しいかも」

「そうね。でも、優樹くんは殺したくないわ」

少年の首筋を指先で撫でながら、エリナはぷっくりとした唇を動かす。

「優樹くんがいれば、元の世界の料理がいくらでも食べられる。それにエアコンや温水洗《せん》浄《じょう》機能つきの水洗トイレが使えるのよ」

「それはわかってる。だけど、優樹くんが私たちと戦う気なら、殺すしかないでしょ」

百合香の目がすっと細くなった。

「話を聞く限り、優樹くんの武器は銃でしょ。で、その弾で撃たれたら、私たちが手に入れた特別な能力が使えなくなる。そうなったら、私たちもカリーネに殺される可能性だってある。なんせ、魔族は実力主義だから」

「うーん。殺すって決めたら楽なんだけど」

「あぁ。エリナはネクロマンサーだから、死体を使って攻めれば余裕か」

「まあね。だけど、もったいないのよねぇ」

エリナはため息をついて、視線を霧人に向ける。

「ねぇ。霧人くんにはいいアイデアないの？」

その問いかけに霧人は、真一文字に結んでいた唇を開いた。

「……優樹を仲間にする方法？」

「そう。殺す方法なら、いくらでもあるから」

「今のところは無理だね」

霧人は淡々とした口調で言った。

「優樹は人族側にいるし、僕たちは魔族側だから。ただ……」

「ただ、何？」

「魔族が人族を支配したら、状況は変わるかもしれない。争う理由もなくなるから」

「優樹くんだけじゃなく、人族全てを奴隷にするってことか」

エリナは頭をかいた。

「それは時間がかかりそうね」

その時、額に角を生やした魔族が霧人たちに近づいてきた。

「霧人様、エリナ様、百合香様。すぐに部隊にお戻りください。人族の軍隊が迫っております」

「はいはい」とエリナが言った。

「それじゃあ、スケルトンたちで敵の数を減らしておこうかな。死体が増えれば、こっちはどんどん有利になるし」

◇　◇　◇

平原に着くと、既に戦いは始まっていた。

兵士たちの怒号《どごう》とモンスターの咆哮《ほうこう》が入り交じり、地面が赤く染まっていた。

僕は高台の岩陰から、戦況を確認する。

兵士たちはしっかりと陣を敷いていて、モンスターの攻撃を受け止めている。

状況は……悪くないか。

もともと、人族の兵士の数のほうが二倍多いし、軍隊同士の戦いだと、モンスターの荒さが目立つ。パワーのあるオーガが攻め込んでも、すぐに囲まれて対処されてる。

馬を使えるのなら、もっと人族側が有利になるんだろうけど、『ドラゴンボイス』の呪文やモンスターの鳴き声が馬を怯《おび》えさせるからな。だから、この世界では歩兵の戦いがメインになる。

中世ヨーロッパっぽい雰囲気《ふんいき》があるけど、やっぱり、ここは異世界なんだな。

僕は頭を下げて、ゆっくりと戦場に近づく。

あの魔法を使うためには、もう少しモンスターの軍隊の近くまで行かないと。

突然、倒れていた兵士たちの体が溶《と》け出し、その場にスケルトンが現れた。

スケルトンは近くにいた兵士たちに襲い掛かる。

死霊使い……ネクロマンサーか。

ロタス砦の近くにあった村がスケルトンに攻められたって情報があった。

もしかしたら、そのネクロマンサーが霧人たちかもしれない。

何にしても、ネクロマンサーは倒しておかないとまずいな。

戦いは拮抗《きっこう》してるけど、時間が経てば経つほど死体を利用できる魔族側が有利になる。

「おいっ！　お前！」

突然、背後から声が聞こえた。

振り返ると、頭に獣の耳を生やした少女が片膝をついて、しゃがんでいた。

見た目は十四歳ぐらいでロングの髪の毛は銀色。瞳は紫色だった。服は濃い緑色でベルトに金色のプレートがはめ込まれている。

金色ってことは……Sランクの冒険者か。

少女は両手と両膝を動かし、僕に近づいた。

「お前もギルドールを狙ってるのかにゃ？」

「ギルドール？　あ、魔族の軍隊の指揮官か」

「そうにゃ。ミルルはギルドールを狙っているのにゃ」

少女……ミルルは自慢げにベルトのプレートを見せた。

「ミルルはSランクの冒険者で、『銀狼《ぎんろう》の団』のリーダーなのにゃ」

「銀狼の団？」

「知らないのかにゃ？　王都で二十本の指に入る実績ある団にゃ」

「……二十本の指か」

手と足全部ってことか。すごいのかすごくないのかわからないな。でも、Sランクってことは、ミルル自身は強いんだろう。見た目は中学生の女の子って感じだけど。

「一人でギルドールを狙うつもりなの？」

「違うにゃ。ちゃんと仲間も来てるにゃ」

ミルルは後ろの茂みを指さした。

よく見ると、黒っぽい獣の耳がいくつも見えている。

「ミルルたちは狼の血をひく獣人ミックスだからにゃ。狩りは群《む》れでやるのにゃ」

「狼？　猫じゃないの？」

「にゃっ！　ミルルは狼にゃ！　この耳としっぽを見るにゃ！」

ミルルは僕の顔に耳を近づける。

「猫の耳とは全然違うにゃ！　間違えたらダメなのにゃ！」

「ご、ごめん。でも、君、『にゃ』って言ってるから」

「これは育ててくれた近所のお姉ちゃんの口癖《くちぐせ》が移ったのにゃ」

ミルルはもごもごと口を動かした。

「そんなことより、お前は誰にゃ？」

「僕は水沢優樹。異界人でSランクの冒険者だよ」

僕はベルトにはめ込んでいた金色のプレートを見せる。

「聞いたことない名前にゃ」

「最近、Sランクになったばかりだからね」

その時、スケルトンの大軍が人族の横陣に突っ込んだ。

兵士たちの悲鳴が僕たちのいる場所まで聞こえてきた。

「まずいな。均衡《きんこう》が崩れてきた」

「そうだにゃ。早くギルドールを倒さないといけないにゃ」

ミルルが僕の隣に移動して、視線を動かす。

「ミルルたちはアクア国に雇われたのにゃ。ギルドールを倒せば、追加の報酬をいっぱいもらえるのにゃ」

「そういうことか」

アクア国の軍隊の作戦は、守り重視の陣を敷いて、指揮官を奇襲するってことか。ミルたち以外にも、それを狙ってる冒険者たちがいるのかもしれない。

作戦としては悪くないな。指揮官のギルドールを倒せば、モンスターの動きはばらばらになって、戦況は有利になるだろう。

ならば、僕はそのサポートをすればいい。

「……ねぇ、ミルル」

「ダメにゃ。しっぽには触らせてあげないにゃ」

「しっぽのことじゃなくて、僕と組まない？」

「いっしょにギルドールを倒すってことかにゃ？」

ミルルの質問に僕はうなずく。

「僕の呪文でモンスターたちを混乱させることができると思う。その時に、君たちがギルドールに奇襲をかけてほしい」

「にゃっ！　優樹は強い呪文が使えるのかにゃ？」

「まあね。創造魔法を使えるから」

「創造魔法？」

ミルルの目が丸くなる。

「創造魔法はアコロンしか使えないはずにゃ。ミルルは知ってるのにゃ」

「いろいろあって、僕も使えるんだよ。とにかく、奇襲の準備をしてて」

僕は頭を低くして、十数メートル先の岩陰まで移動した。

自分たちが有利だとわかったのだろう。モンスターたちが咆哮をあげて、横陣に突っ込んでいく。

「攻めろ、攻めろ！」

魔族らしき角が生えた男が叫んだ。

「横陣を崩して、本陣を狙え！　勝利は目前だぞ！」

「ごあああああっ！」

十数体のオーガが巨体を揺らして走り出した。

その背後に亀のような甲羅を背負った魔族がいることに気づいた。

魔族の周囲にはダークエルフが集まっている。

もしかして、あのモンスターが……。

「ギルドールにゃ！」

いつの間にか隣にいたミルルが言った。

「やっと見つけたにゃ。あいつを倒せば黄金牛のステーキが食べ放題にゃ」

「わかった。まずは僕がやるから！」

僕はダールの指輪に収納していた素材を組み合わせる。

魔力キノコと『生命樹の種』、『地龍《ちりゅう》のウロコ』、ウラム石。そして昨日手に入れた銀リンドウ。

これで地の属性の高位呪文『カオスオブプラント』の完成だ。

ギルドールの周囲五十メートルの地面がひび割れ、モンスターたちに無数の植物のつるが絡みついた。つるはうねうねと生き物のように動いて、モンスターたちの体を締め上げる。

「ミルルっ！」

「おまかせオッケーなのにゃ！」

ミルルが腰に提げていた短剣を手に取った。

その短剣の刃が青紫色に輝く。

「みんな、突撃にゃあああ！」

ミルルが走り出すと、背後から狼の耳を生やした数十人の冒険者たちが彼女の後を追う。

ミルルたちは植物のつるで動けなくなっているモンスターたちをすり抜けて、ギルドールに迫る。

ミルルの短剣が一メートル以上長く伸び、その刃がギルドールの腕に当たった。

しかし、ギルドールはダメージを受けてないように見えた。

皮膚が硬いのか。それに力もあるな。

「草ごときで俺を縛れるものかっ！」

ギルドールは体に絡みついた植物のつるを引き千切り、太い腕で近くにいた十代の冒険者の腹部を叩いた。

冒険者の体が十メートル以上飛ばされる。

ギルドールは甲羅から無数の突起物を飛ばして、ミルルたちを牽制する。

予想より強い。巨体なのに動きが速いし、遠距離攻撃もできるか。

呪文の効果が切れる前にギルドールを倒さないと。

僕は魔銃零式を手に取り、ギルドールに向かって走り出した。

周囲にいたダークエルフを倒しながら、僕はギルドールに近づく。

「にゃあああああ！」

ミルルが高くジャンプして、ギルドールの頭部を狙った。

「バカがっ！」

ギルドールの頭部が亀のように体の中に引っ込む。

青紫色の刃が空を斬った。

ミルルはバランスを崩して、地面に倒れる。

「終わりだ」

ギルドールは鋭い爪を振り上げる。

僕は走りながらエクスプローダー弾を撃った。

銃声が響き、ギルドールの肩が破裂する。

その隙に、ミルルはギルドールから距離を取った。

「んっ……」

ギルドールの視線が僕に向いた。

「お前は……水沢優樹か？」

「そうだよっ！」

僕は連続で引き金を引く。

同時にギルドールが僕に背中を向けた。

突起物のある甲羅がエクスプローダー弾を弾く。

甲羅はドラゴンの皮膚より硬いのか！

ギルドールは振り返るように首を回して、にやりと笑った。

「ならば、死んでもらうぞ！」

甲羅の突起物が次々と発射された。

迫ってくる突起物を、僕は転がりながら避ける。

「甲羅がダメならっ！」

片膝をついて、僕は引き金を引いた。

エクスプローダー弾がギルドールの左足に当たり、爆発する。

ぐらりとギルドールの体が傾いた。しかし――

「この程度でやられると思うなよ」

肉塊と化していたギルドールの肩と左足が即座に再生した。

「俺の体は特別なのさ」

ギルドールは僕に背を向けたまま、カカカと笑った。

「お前の攻撃は無駄だったな」

「そう……みたいだね」

毒弾は……使えないか。時間がかかりすぎる。アレは温存しておきたいし、どうするか。

「人族がいるぞ！　殺せっ！」

カオスオブプラントの範囲外から、モンスターが近づいてきた。

「ミルルっ！　周りのモンスターを頼む！」

そう言って、僕はギルドールに突っ込んだ。

「バカがっ！」

ギルドールは尖った歯が並ぶ口を大きく開いた。その口から黒い炎が噴き出す。

僕は左足で地面を強く蹴り、右に移動して黒い炎を避けた。そのまま、逆時計回りに動きながら、エクスプローダー弾を撃つ。

その弾をギルドールは盛《も》り上がった手の甲《こう》で弾いた。

手の甲も硬いのか。

僕の額から冷たい汗が流れ落ちる。

硬くない場所を連続で狙いたいけど、予想以上に素早い。なかなか面倒な相手だ。

「そろそろ、死んでもらうぞ。水沢優樹！」

ギルドールの体が淡く輝き、両手の爪が長く伸びた。

「かあああっ！」

気合の声をあげて、ギルドールが僕に走り寄る。

今までより速いっ！

僕の反応が一瞬遅れる。

ギルドールの爪の先端が僕の胸元に触れた。創造魔法で作った特別製の服が裂ける。

身体強化の呪文を使ったな。それなら、僕も。

僕は身体強化の呪文――『戦天使の祝福』を使用する。僕の体が青白く輝き、パワーとスピード、防御力が強化された。

「食らえっ！」

ギルドールは僕に背中を向けて、無数の突起物を発射する。

僕は飛んでくる突起物をかわし続ける。

スピードが強化されたおかげで、さっきより突起物をかわしやすくなってる。これなら、ギルドールの遠距離攻撃は問題ない。

その時――。

短剣を持ったダークエルフが僕に攻撃を仕掛けてきた。

「死ねっ！　下等な人間がっ！」

「遅いよっ！」

僕は短剣の攻撃を避けながら、魔銃零式の引き金を引いた。通常弾がダークエルフの胸に穴を開ける。

「があ……っ」

ダークエルフの体がぐらりと傾く。

「もっと役に立て！」

ギルドールがダークエルフの背中を太い足で蹴った。

ダークエルフの体が僕にぶつかる。

僕は痛みに顔を歪めて、片膝をついた。

しまった。まさか、瀕死《ひんし》の味方を蹴るなんて……。

「終わりだっ！」

ギルドールは長く伸ばした爪を振り上げた。

「にゃあああっ！」

ミルルが側面からギルドールに斬りかかった。

ミルルの短剣がギルドールの右の爪を叩き折る。

「ちっ！　猫耳がっ！」

ギルドールは左手でミルルを払った。小柄なミルルが五メートル以上飛ばされる。

「ミルルは猫じゃないにゃ。狼にゃ！」

ミルルはすぐに立ち上がって叫んだ。

「お前は銀狼の団が倒すにゃ！」

「ぬかすなっ！　お前のようなガキにこの俺が……」

喋ってる場合じゃないよ！

僕は魔銃零式の引き金を引いた。エクスプローダー弾がギルドールの側頭部に当たり爆発する。

「がっ……ぐぐっ……」

頭部の半分がなくなったギルドールは、よろよろと後ずさりする。

「今にゃ！　全員でギルドールを殺るにゃ！」

「おおーっ！」

獣の耳を生やした冒険者たちが四方からギルドールに突っ込んだ。

ギルドールは顔から青紫色の血を流しながら、倒れていた冒険者の女に向かって爪を振り下ろす。

「この程度で、俺を殺せると思うなよ！」

四人の冒険者の体に突起物が突き刺さる。

ギルドールは体を丸めて、甲羅の突起物を発射した。

「雑魚《ざこ》どもがっ！」

※

「させないにゃああ！」

ミルルが短剣でギルドールの爪を受け止めた。

金属同士がぶつかり合ったような音が周囲に響く。

「ミルルはリーダーにゃ。みんなを守るにゃ！」

「ならば、お前から先に死ね！」

ギルドールは大きく口を開いた。

黒い炎を吐くつもりか。

悩んだのは一瞬だった。僕は一発しかストックがない『滅呪弾《めつじゅだん》』を魔銃零式に装填して、引き金を引いた。

黄金色の弾丸がギルドールの脇腹《わきばら》に当たる。

甲高い銃声が響き、ギルドールの全身に黄金色の魔法文字が刻まれる。その文字一つひとつがギルドールの細胞を壊《こわ》していく。

「な……何だ。これ……は……」

ギルドールの顔が歪んだ。

「バカ……な。俺が死ぬわけが……な……い……」

ギルドールの体が真っ白になり、粉々に砕けた。

結局、温存してた滅呪弾を使うことになったか。だけど、仕方ない。あの位置で炎を吐かれると、ミルルたちが死ぬ可能性があったし。

溜めていた息を吐き出し、僕は視線を左右に動かす。

まだ、カオスオブプラントの効果は残ってるな。今のうちに脱出だ。

「ミルルっ！」

ぽかんと口を開けているミルルの肩を叩く。

「呪文の効果が切れる前に、ここから逃げるよ」

「……あっ！　わっ、わかったにゃ。みんな、脱出するにゃ！」

僕たちは植物のつるに絡まっているモンスターたちを避けながら、全力で走り続ける。

数百メートル先にある岩陰に隠れると同時に、カオスオブプラントの効果が切れた。

ぎりぎり間に合ったか。

荒い息を整えながら、戦場を見回す。

指揮官のギルドールが死んで、モンスターたちは混乱しているようだ。僕たちを追ってくる様子もなく、ばらばらに動いていた。

モンスターたちの混乱に気づいたのか、アクア国の兵士たちが攻勢に出た。

右翼と左翼の陣が前に出て、三方からモンスターたちを攻撃する。

白い鎧を装備した隊長らしき女が声をあげる。

「今こそ、勝機だ！　全力で攻めろ！」

「うおおおおっ！」

兵士たちが次々とモンスターを倒していく。

「なんとか勝てそうだな」

僕は額の汗を手の甲でぬぐった。

後方にいたモンスターたちは逃げ出しているし、ここから逆転されることはないだろう。

「お前は何者にゃ！」

突然、ミルルが僕の腕を掴んだ。

「見たことない呪文を使ったし、変な武器でギルドールを倒したにゃ。さては人間の皮を被《かぶ》った魔族だにゃ！」

「魔族だったら、ギルドールを倒さないよ」

僕はミルルに突っ込みを入れる。

「僕は創造魔法を使えるって言っただろ」

「あ……」

ミルルの隣にいた少年の冒険者が声を出した。

「ミルル様。こいつ、シャグールを倒した異界人ですよ」

「シャグール？」

「七魔将のシャグールですよ」

少年はミルルの頭部に生えた耳に口を寄せる。

「この前、冒険者ギルドで話題になってたじゃないですか。創造魔法を使える異界人がシャグールとジュエルドラゴンを倒したって」

周囲にいた冒険者たちの視線が僕に集中する。

うーん。敵意のある視線じゃないけど、どうも居心地《いごこち》が悪いな。

目的も果たしたし、さっさと退散《たいさん》するか。

「じゃあ、僕はダホン村に戻るから」

僕はミルルに背を向けて走り出した。

「待つにゃ！　まだ話は終わってないにゃ！」

ミルルの声が聞こえたが、僕は足を止めることなく、走り続ける。

この状況なら、モンスターたちがダホン村を襲う可能性は低い。

村にはクロと由那もいるし、時空鉱を節約するためにも歩いて戻るか。上手くいけば、使える素材が見つかるかもしれないし。

僕はダホン村のある南西に足を向けた。

◇　◇　◇

次の日の夕方、ダホン村に戻ると、すぐに由那が駆け寄ってきた。

「優樹くん。おかえりなさい」

由那はメガネの奥の瞳を輝かせて、僕に顔を近づける。

「ケガはしてない？」

「大丈夫だよ。少し疲れたけどね」

僕は由那に笑いかける。

「なんとか魔族の指揮官を倒せたよ」

「優樹くんが倒したんだ？」

「うん。銀狼の団の人たちといっしょにね」

「銀狼の団？」

「王都で二十本の指に入るぐらいの団らしいよ」

僕は由那にギルドールを倒した時の状況を話した。

「……ってわけで、後はアクア国の軍隊が決めてくれたよ」

「じゃあ、これで戦いは終わるのかな？」

「それはわからないな。魔族の指揮官は倒したけど、まだ、七魔将のカリーネが残ってるから」

「その心配はなさそうだぞ」

クロが由那の後ろから顔を出した。

「さっき、遠話の呪文で連絡が入った。モンスターどもは南の森の川向こうまで逃げたようだ」

「川向こうって、だいぶ南に移動したんだね」

「アクア国の軍隊が掃討戦を続けてるからな。一気にロタス砦を取り戻すつもりらしい」

クロは南側の森に視線を向ける。

「ギルドールはカリーネの副官でもあったし、黒崎大我も使えなくなった。こうなると、ステラ村を落とすのは厳しいだろう」

「……そっか」

僕は周辺の地図を頭の中で思い浮かべる。

もし、アクア国の軍隊がロタス砦を取り戻したら、ダホン村は安全になる。

「優樹っ！」

エルフの女騎士ティレーネが僕に駆け寄った。

「アクア国の兵士が、この村に来るそうだ」

「えっ？　ダホン村にですか？」

「ああ。近くに駐屯地《ちゅうとんち》を作るらしい。これでモンスターがダホン村を攻めるのは困難になる！」

ティレーネは興奮しているのか、普段より早口で言った。

「優樹たちのおかげだ。優樹たちが何度も村を守ってくれたおかげで、多くの者が生き残ることができた」

「いえ。僕たちだけじゃないです。みんながやれることをやったから、この結果があるんです」

僕は集まってきた村人たちを見回す。

「ティレーネさんは村をまとめてくれましたし、自警団の皆さんの情報のおかげで先手《せんて》を取って戦うこともできました。本当に助かりました」

「……優樹。お前は本当に……」

ティレーネの瞳が潤み、周囲にいた村人たちも目を赤くする。

その光景を見て、僕も目頭《めがしら》が熱くなった。

全員が助かったわけじゃない。モンスターに殺された村人もいる。

それでも、多くの人たちが生き残れたことを今は喜ぶべきだろう。

◇◇◇

二日後、ダホン村に千人の兵士たちがやってきた。

彼らは領主代行のシャロットに挨拶した後、すぐに駐屯地作りを始めた。

彼らの情報によると、ダホン村の周辺にモンスターの部隊はいないらしい。

そのせいか、兵士たちの表情にも余裕があった。

駐屯地を作るのは大変な作業だろうけど、モンスターと戦うよりましってことなんだろう。

とりあえず、これで僕たちの仕事も一区切りかな。

村の広場で遊んでいる子供たちを見て、僕の頬が緩んだ。

第五章　王都への旅

次の日、僕と由那は転移の呪文を使って、家に戻った。

すると、扉に紙が挟まっている。

「またか……」

僕は折りたたまれた紙を開き、中の文字を読んだ。

『優樹くん。君に渡したい物があるので、時間が空《あ》いた時に学校に来て欲しい。久我山恵一』

「あれ？　委員長からじゃないのか」

「どうしたの？」

由那が僕に体を寄せて、紙に書かれた文字を目で追った。

「恵一くんが何の用だろ？」

「よくわからないけど、学校に行くのは明日にしようか。久しぶりにお風呂に入りたいし」

「うん。そうだね。私も入りたいよ。水浴《あ》びより、お風呂に浸かるほうが疲れも取れるし」

「それなら、由那から入っていいよ」

「いいの？」

「もちろん。僕は素材のチェックやっておくから」

「いっしょに……入ってもいいのに」

由那が小さな声で何か言った。

「んっ？　何？」

「……ううん。何でもないよ」

由那は首を左右に振る。

「じゃあ、入ってくるね」

由那がリビングから出ていくと、僕はダールの指輪に収納した素材のチェックを始める。

うーん。やっぱり、レア素材を使いすぎてるなぁ。

滅呪弾と『ホーリーメテオ』と『スーパーノヴァ』の呪文の素材は持っておきたいけど、ヨタトの町でも、なかなか手に入らないんだよな。しかも高いし。

創造魔法の唯一の欠点は、これかもしれないな。

ため息をついて、冷蔵庫から取り出したコーラを一気に飲み干す。

冷たい液体が食道を通り、胃に落ちていくのがわかる。

「あーっ、やっぱりコーラはいいな」

冷蔵庫でキンキンに冷やしたコーラは最高に美味い。

疲れた体が軽くなるような気持ちになる。

「風呂に入った後は昼ご飯にするか。由那に何を食べたいか聞いて……」

ふっと眠気《ねむけ》を感じて、僕は大きなソファーに寝転んだ。

少し眠っておくかな。この家なら安全……だから……。


お腹《なか》に重さを感じて、僕はまぶたを開いた。

「あ……」

いつの間にか、バスタオルを体に巻いた由那が僕に馬乗りになっていた。

「やっと起きたね」

メガネを外した由那が桜色の唇を舐めた。

「体、動かないよね？」

「……もしかして」

「うん。優樹くん、口開けて寝てたから、私の息を吹き込んだの。サキュバスの能力って、ほんと役に立つよね。あ、ダールの指輪も借りてるから」

由那は左手の薬指にはめたダールの指輪を僕に見せる。

「えーと……由那」

「うん。何？」

「こ……こういうのはマズイよ」

僕の視線の先に由那のふくよかな胸がある。きめ細かな色白の肌と二つの膨らみ。バスタオルで隠している部分がぴんと尖っていた。

口の中がからからに渇き、心臓の音が速くなる。

「あれ？　優樹くん、顔が赤いよ？　それにずっと私の胸を見てる」

由那が両手を僕の肩に置いて、顔を近づける。

「もしかして、見たいのかな？」

「いっ、いや……」

「見たくないの？」

「……」

自分のノドが大きく動いたのがわかった。

そりゃ、見たくないわけがない。大好きな由那の裸なんだから。

でも、今の由那は普通の状態じゃない。サキュバスの血のせいで暴走してるだけだ。

「ねぇ、優樹くん」

由那の声が脳内に響いた。

「わかってると思うけど、下着はつけてないよ。上も下も」

そう言って、由那は両膝を動かして、僕の胸元まで移動する。

今度は白い太股が目の前に見える。

「ねぇ、どっちが見たい？」

「……どっちって？」

「胸……それとも下のほう？」

由那はピンク色の舌で上唇を舐める。

「優樹くんが見たいほうを見せてあげるよ」

「いや、僕は……」

「ねぇ、どっちなの？」

由那の白い指がバスタオルの端をつまむ。

「少し上げちゃったら、見えちゃうかな」

「ゆ……由那……」

自分の口から漏れる声が掠れた。

体中の血が熱くなり、由那から視線を外すことができない。

「しょうがないなぁ。どっちか決めてくれないのなら、両方見せてあげるね」

由那は左手を僕の胸に置き、右手で胸元のバスタオルに触れる。

僕は全ての意識を集中させて、動かない右手を必死に動かす。

もう少し動けば……。

僕の指先が由那がはめていたダールの指輪に触れる。

よし！　これで収納してた素材が使える。

魔力キノコと銀香草《ぎんこうそう》を組み合わせて、状態異常を治す呪文を使用した。

由那の体が青白く輝いた。

「あ……」

由那の動きが止まった。

右手でバスタオルを掴んだまま、僕と視線を合わせる。

数秒間の沈黙の後――。

「あああああっ！」

由那は慌てて、僕から離れた。

「ごっ、ごめんなさい。私、また……」

「うん。わかってるから」

僕はソファーに横たわったまま、口だけを動かす。

「とりあえず、動けるようにしてもらえるかな。あ、いや、その前に服を着てくれると助かる。それとメガネも」

「う……うん」

由那はバスタオルを押さえながら、リビングから出ていく。

数分後、私服に着替えた由那が戻ってきた。

そして、僕の首筋に手を伸ばす。

すっと体が冷たくなり、手足が動くようになった。

「ふぅ……」

僕はソファーから上半身を起こして、深く息を吐き出す。

「ごめんなさい」

由那は、もう一度僕に謝った。

「眠ってる優樹くんを見てたら、変な気持ちになっちゃって」

「いや、気にしないで。前にも言ったけど、イヤじゃないから」

「ほんとに？」

「……うん。正直言うと……見たかったかも」

「あ……う……」

由那の顔が熟《う》れたトマトのように赤くなった。

「……あ、あのね。もし、優樹くんがそう思ってるなら……私、普通の時でも見せていいから」

「見せてって……」

僕は恥ずかしそうに胸元を押さえている由那を見つめる。

つやのある黒髪に揺らめく瞳、Tシャツを着ていてもわかる形の良い胸に、きゅっとくびれた腰。

魅力を抑えるメガネをかけていても、僕の幼馴染みはかわいい。

「わ、私、今日のお昼ご飯はいいから」

沈黙に耐《た》えられなくなったのか、由那は口元を手で押さえて階段を上がっていった。

僕はソファーに寝転び、まぶたを閉じる。

脳内にバスタオルを体に巻いた由那の姿が浮かび上がる。

由那の体……すごく綺麗だったな。風呂に入ったばかりで石鹸《せっけん》の匂いがして。

そんなことを考えていると、また、顔が熱くなってきた。

「冷たいシャワーでも浴びるか」

僕は頭を振りながら、ソファーから腰を上げた。

◇　◇　◇

次の日の午後、僕と由那は家から出て、数百メートル離れた学校に向かった。

校門が見えると、そこに恵一と自己中心的な奈留美がいた。

恵一は僕たちを見て、笑顔で右手を上げた。

「やっと、来てくれたね。朝から待ってたんだよ」

「今日、僕たちが来ることを知ってたの？」

「うん。昨日の夜、君の家の窓から明かりが見えたからね」

恵一は柔らかな声で言った。

「……で、僕に何の用？」

「それは教室で話すよ。みんな集まってるしね。奈留美さんは、ここで見張りをしておいてもらえるかな？」

「わかってるわよ！」

不機嫌そうに奈留美が唇を尖らせる。

「じゃあ、行こうか」

恵一の薄い唇の両端が吊り上がった。

教室には十人の生徒たちがいた。

「優樹……」

委員長の宗一がイスから立ち上がる。

「また、町に行ってたのか？」

「ちょっと仕事をしててね。それが一区切りついたから、戻ってきたんだ」

僕は宗一の質問に答えた。

「優樹くん」

恵一が教卓に黒い石を置いた。黒い石の表面には夜空の星のような粒が輝いていた。

「これ、君が役に立つって言ってた石だよね？」

「……うん。どこで見つけたの？」

「滝の近くの鍾乳洞かな。一個しかなかったけど」

恵一は人差し指を伸ばして、黒い石――魔石を僕のほうに押した。

「これを君にあげるよ」

「あげる？　食べ物と交換じゃなくて？」

「今までのお詫《わ》びだから」

「お詫び……」

僕は恵一を見つめる。

恵一って、元の世界にいた頃から、あまり喋らないし目立たないクラスメイトだった。成績も普通だし、スポーツも普通。人と関わることを避《さ》けているようにも思えた。

でも、今日はよく喋るな。

「優樹くん。僕たちは君にひどいことをした。今さら謝っても、君が許してくれるとは思わない」

「……それでも石をくれるんだ？」

「うん。僕たちは反省したんだ。どう考えても、君が正しくて、僕たちが間違っていたってね」

恵一は僕に向かって、深く頭を下げた。

「本当にすまなかった。どうか、石を受け取って欲しい」

「……みんなもそれでいいの？」

「ああ」と宗一がうなずく。

「その石を見つけたのは恵一だし、僕も彼の考えに賛同するよ」

「悪かったよ、優樹」

野球部の浩二が言った。

「俺たちは間違ってた。クラスメイトを追放するなんて、やったらダメだったんだ」

他のクラスメイトたちも次々と口を開く。

「ごめんなさい、優樹くん、由那。私、自分勝手だったよ」

「うん。私も調子に乗って、優樹くんにひどいこと言った。優樹くんは魔法を使えるようになる前から、真面目《まじめ》に仕事してたのに」

「そうだな。ケガをしたぐらいで追い出した俺たちがバカだったよ」

「優樹くん」

恵一が魔石を手に取り、それを差し出す。

「僕たちを許さなくてもいい。だけど、石は受け取って欲しい。それが僕たち全員の望みだから」

クラスメイトたちが一斉に大きくうなずく。

ん？　何だろう。みんなの反応がいつもとは違う気がする。声に感情がないように思えるし、うなずくタイミングも練習したみたいに同じだ。

「本当に食べ物を渡さなくてもいいの？」

「うん。それじゃあ、お詫びにならないからね」

恵一が言った。

「……わかった。有り難くいただくよ」

僕は恵一から魔石を受け取った。

「だけど、ただで受け取るのは僕もすっきりしない。だから、食べ物じゃなくて、飲み物をみんなにプレゼントするよ」

そう言って、僕はダールの指輪に収納していた滋養樹の葉と『万能鉱《ばんのうこう》』を組み合わせた。

みんなの机の上に水滴のついたコーラの缶が具現化された。

「こ、これは……」

宗一は震える手でコーラを手に取る。

「……っ、冷たい」

「うん。キンキンに冷やしたコーラだからね」

「コーラ……」

宗一はプルタブに指をかけ、手前に引いた。

プシュリと炭酸《たんさん》ガスが抜ける音がした。

その缶に宗一は口をつける。

宗一のノドが波のように何度も動く。

「……あぁ。素晴らしい」

「うあああああっ！」

クラスメイトたちが一斉にコーラを飲み始めた。

「……くはぁっ！　これだ！　これだよ！　俺はこのシュワシュワを感じたかったんだ」

「ああ。しかもノドが痛くなるぐらい、キンキンに冷えてやがる」

「……ううう。美味しいのに……美味しいのに何故か涙が出ちゃう」

「かはああああっ！　縮《ちぢ》んでた胃が膨らんでくるのがわかるぜ」

「うん。やっぱり炭酸って神様の飲み物だよね」

クラスメイトたちは目のふちに涙を溜めて、コーラを飲み続ける。

変なことを言ってるクラスメイトもいるけど、気持ちはわかる。

炭酸飲料って、むしょうに飲みたくなる時があるんだよな。特に今日は暑いから。

「ありがとう。優樹くん」

恵一が僕に礼を言った。

「久しぶりのコーラは最高に美味しかったよ。雪音さんにも飲んで欲しかったな」

「そういや、雪音さんはいないね。どうかしたの？」

「雪音さんは死んだよ」

「……死んだ？」

僕の声が掠れた。

「いつ、死んだの？」

「一週間ぐらい前だったかな。雪音さんの姿が見えないから、みんなで近くの森を捜《さが》したんだ。そしたら、血だらけの服の一部が見つかったよ。近くにモンスターの足跡もいっぱいあったから、食べられてしまったんだろうね」

恵一は眉間にしわを寄せ、息を吐き出す。

「本当に残念だよ。最近は死者が出てなかったのに」

「……そっか」

僕は唇を強く結んだ。

雪音さんは僕の追放に賛成した。でも、それを後悔していた。

もしかしたら、彼女とは仲直りできたかもしれないのに。

無言になった僕の肩に恵一が触れた。

「仕方がないよ。ここは危険な異世界だし、僕たちは君と違って弱い存在だ。明日には別の誰かが死ぬかもしれない」

「誰かが死ぬ？」

「そう。食料を手に入れるために森に行かないといけないからね」

恵一は淡々とした口調で言葉を続ける。

「多分、これから死ぬ確率はどんどん上がるだろうね。霧人たちもいなくなったし、四郎も戻ってこない。そして君たちも」

「……」

「コーラ美味しかったよ。また、いつでも学校に来て欲しい。もちろん、食べ物なんて、もう要求しないから」

そう言って、恵一は微笑した。

◇　◇　◇

優樹と由那が教室から去ると、宗一が恵一に歩み寄った。

「上手くいったようだな」

「うん。やっぱり優樹は甘いね」

恵一は空《から》になったコーラの缶を見つめる。

「ただで石をあげるって言ったのにコーラと交換してくれるなんて」

「だけどよぉ」

不良グループの巨漢、力也が不満げに口を開いた。

「せっかくのコーラなんだから、ビッグマグドとセットで食いたかったぜ」

「それな」と野球部の浩二が力也を指さす。

「作戦だからしょうがないけどさ、本当なら、あの石でビッグマグドか牛丼が食えたんだよなー」

「でも、それは一度だけだから」

恵一が人差し指を立てる。

「僕が狙ってるのは、毎日、優樹に食べ物を出してもらうことだよ」

「そんなことできるの？」

副委員長の瑞恵が首をかしげる。

「優樹くんは薄情だし、毎日なんて無理だと思うけど？」

「そうでもないよ。僕の言葉で優樹が考え始めると思う」

「何を考えるの？」

「僕たちが死ぬかもしれないってことをだよ」

恵一はクラスメイトたちを見回す。

「彼は僕たちに死んで欲しくないと思ってるからね」

「うーん。そうかなぁ？」

浩二がうなるような声を出した。

「それなら、どうして優樹は俺たちを守ってくれないんだ？」

「守りたいと思われてないからだよ」

恵一は即答した。

「僕たちは優樹の追放に賛成しちゃったからね。当然、好意を持たれるわけがない。だけど、クラスメイトが死ぬのは嫌《いや》なんだよ」

「本当か？」

「うん。雪音さんが死んだことを伝えた時に声が掠れてたからね。きっと、ショックだったんだよ」

「なるほど」

宗一がメガネのブリッジに触れながら、小さくうなずく。

「弱者の立場を利用するってことか」

「その通りだよ。さすが委員長。頭の回転が早いね」

恵一の唇の両端が吊り上がった。

「僕はさっきの会話で優樹の心に傷をつけた。魔法を使える自分が雪音さんといっしょにいたら、彼女はモンスターに殺されなかったかもしれない。これからも僕たちがモンスターに殺されるかもしれないと」

「それが嫌なら、僕たちに食料を提供するしかない……か」

「うん。食料探《さが》しには危険がつきものだからね」

「悪くない作戦だ」

宗一は恵一を見つめる。

「君がここまで計算高いとは思わなかったな。奈留美を見張りに立たせたのも作戦だろ？」

「うん。奈留美さんは感情の起伏《きふく》が激しいからね。優樹を怒らせるようなことを言ってもらったら困るんだよ」

恵一は校門の前で見張りをしている奈留美の姿を窓から確認する。

「まあ、優樹を操るためには、もう少し時間が必要かな。まだまだ警戒されてるから」

「ああ。そうだろうな」

宗一の眉間に深いしわが刻まれる。

「ねぇ、委員長」

瑞恵が、開けていないコーラの缶を持って宗一に歩み寄った。

「コーラが余ってるんだけど、どうする？」

「んっ？　余ってるのは見張りをしてる奈留美のだろ？」

「それとは別に雪音の分があるの」

「あ……そうか。優樹は雪音が死んだことを知らなかったな」

宗一は瑞恵からコーラを受け取る。

「おいっ！　委員長！」

ヤンキーグループのリーダー、恭一郎が宗一に駆け寄った。

「余ってるのなら、そのコーラ、俺にくれ！」

「おい、待てよ！」

浩二が恭一郎の肩を掴む。

「そりゃないだろ。俺だって、まだ飲み足りないんだ」

「はぁっ!?　最初にコーラをくれって言ったのは俺だぞ」

「早い者勝ちってわけじゃないだろ」

「その通りだ」と剣道部の小次郎が言う。

「当然、俺にもコーラをもらう権利があるはずだ」

「それなら私だって」

料理研究会の胡桃が宗一の持っているコーラに手を伸ばす。

「待てっ！」

宗一が近寄ってくるクラスメイトたちから後ずさる。

「わかった。ここは公平にいこう。副委員長、人数分の紙コップと理科室からスポイトを持ってきてくれ。僕が責任を持って、みんなにコーラを分配しよう」

真剣な表情で、宗一は持っているコーラを見つめた。

◇　◇　◇

二日後、僕と由那はヨタトの町に転移して、裏通りにある小さな酒場でクロと合流した。

その店はクロがよく通っている店で、猫の獣人が店主をやっていた。

一番奥の丸テーブルの席に座ると、すぐにクロが口を開いた。

「まずは……」

「わかってるよ」

僕は創造魔法でシュークリームを二個創造した。

「フルーツパフェは夕食の後でいいかな？」

「ああ。それでいい」

クロは金色の瞳を輝かせて、シュークリームを口にする。

「……あぁ。やはり、シュークリームはいい。これこそ、神々の食べる菓子だ」

全身の黒い毛を震わせて、クロはまぶたを閉じる。

「体中にシュークリームの成分が広がっていく。至福《しふく》の時だ」

クロの言葉に、思わず僕の頬が緩んだ。

こんなに元の世界のお菓子を気に入ってくれるのは、ちょっと嬉しいな。

次は和菓子を食べさせてみるか。あんこ系のお菓子も美味しいし。


「ふむ。王都に行きたいのか？」

クロの質問に僕は「うん」と答えた。

「王都には、ヨタトの町にないレア素材やスペシャルレア素材も売ってるらしいからね。それに一度王都に行っておけば、転移の呪文が使えるようになるから」

「なるほど」

クロは腕を組んだ。

「アクア国で仕事をしてるのだから、王都には行っておくべきだろうな」

「どんな都なの？」

「見栄《みば》えはいいな。中央に巨大で美しい城があるし、凝《こ》った造《つく》りの建造物も多い。人口もヨタトの町の二十倍以上ってところか」

「相当、大きいんだね。距離は？」

「ここから、馬車で六日ってところだ。まあ、整地《せいち》された大きな道を通るから、移動は楽だな」

「ついてきてくれる？」

「もちろんだ。旅の間もシュークリームが食え……いや、俺たちはパーティーなんだからな」

クロは店主が出したミルクを一口飲む。

「馬車の手配は俺がやろう。知り合いの獣人が運送屋をやってるからな」

「うん。それは助かるよ」

クロがいっしょなら心強いな。王都にも行ったことがあるみたいだし。

まあ、いつもと違って戦いがあるわけじゃないし、危険はなさそうだな。

次の日の朝、僕たちはヨタトの町の東門を出た。

門の前には多くの馬車が停まっている。

「クロ様っ！」

白、黒、茶の三色が混じった毛色の猫の獣人がクロに駆け寄ってきた。

この獣人……三毛猫っぽい毛並みをしているな。

背丈は百センチちょっとでクロよりも低い。年齢は……さっぱりわからないけど、声の調子から若い男の子の獣人な気がする。

「元気にやってるようだな、テト」

「はい。テトは元気です！」

獣人――テトは子犬のようにしっぽを振る。

「お仕事いただいて感謝なのです。孤児院《こじいん》のみんなも喜びます」

「うむ。お前はまだ若いが働ける歳でもある。みんなを助けてやれ」

そう言うと、クロは腰に提げたポーチから大金貨を一枚取り出し、テトに渡した。

「これは今回の報酬とは別だ」

「ええっ？　こんなに？」

「お前のものじゃない。孤児院の運営のための金だ」

クロは肉球でテトの頭を軽く叩いた。

「子供たちの数も増えてるようだしな。シスターに渡しておけ」

「うん。ありがとう。クロ様」

テトは金色に輝く大金貨を握り締める。

「すまんな、優樹」

クロが僕に言った。

「こいつのいる孤児院のシスターには借りがあってな。馬車は少し小さめでテトは新人の御者《ぎょしゃ》だが、仕事はきっちりやるはずだ」

「問題ないよ」

僕は自分より七十センチ近く背が低いテトに手を伸ばした。

「僕は優樹。王都までよろしく頼むよ」

「は、はい。頑張ります！　優樹様、由那様」

「あれ？　もしかして、僕たちの名前を知ってたの？」

「はいです。優樹様と由那様はSランクの冒険者ですから」

テトは僕と由那を交互に見る。

「皆さんを僕の馬車に乗せることができて光栄なのです」

「よろしくね、テトちゃん」

由那は瞳をきらきらと輝かせて、テトのノドを撫でる。

さすが、猫大好き星人だな。初対面の挨拶なのに堂々とノドに触ってるし。

まあ、テトも嫌がってないから、問題ないか。


僕たちは馬車に乗って、ヨタトの町を出発した。

馬車は色の違う木材で作られていて、屋根を覆う布もつぎはぎだらけだった。

高級な馬車じゃないけど、丁寧に掃除がしてあって、汚れも少ないな。

ガタガタと音がして、腰に振動を感じた。

馬車での移動は徒歩《とほ》よりも楽だ。でも、元の世界の車にはかなわないか。車なら長時間乗ってても、腰やおしりが痛くならないし。

視線を動かすと小さな窓から草原が見えた。

草原には青色の蝶が飛び回っている。

隣に座っていた由那が僕に体を寄せた。

「この世界って、不思議だよね」

「不思議？」

「うん。中世ヨーロッパっぽいけど、それにしては町は清潔感《せいけつかん》があるし、多くの人たちが高い衛生観念《えいせいかんねん》を持ってる。クロちゃんだって毎日歯磨《はみが》き……牙磨《きばみが》きしてるし」

由那は体を丸めて眠っているクロに視線を向ける。

「昔の人の生活習慣とは違う感じがする」

「たしかに変だね」

僕は頭をかいた。

「ただ、そうなった理由は予想できるよ」

「どんな理由?」

「この世界には、僕たち以外にも転移してきた異界人がいたみたいだから。その人たちが、いろいろと伝えたんじゃないかな。不衛生な環境《かんきょう》だと病気になるから、生活習慣を改めようとかさ」

「あ……そうかもしれないね」

由那はメガネ越しに僕を見つめる。

「優樹くんって、頭いいんだね」

「成績は君のほうがずっと上だろ」

そう言って僕は笑った。

「まあ、この世界には不思議なことが他にもあるよ。一日が二十四時間だったり、一年が三百六十五日だったり」

「それって、この星が地球と同じ大きさってことかな?」

「そうなるね。ただ、月が二つあるから、別の星だとは思う」

僕は視線を外に向ける。

王都には大きな図書館もあるらしいし、そこでいろいろと調べてみるか。

元の世界に戻るヒントが見つかるかもしれない。

「ふぁ……」

由那が大きくあくびをした。

「寝てていいよ。ガタガタしてて寝心地《ねごこち》は悪いだろうけど」

「そうでもないよ」

由那は頭を僕の肩に乗せる。

「こうやって眠ると、すごく気持ちよさそう」

「僕の肩でよかったら、いつでも使っていいよ」

「重くないかな?」

「いや。全然」

「そう。なら……少し眠るね」

由那はまぶたを閉じた。

こういうのもいいな。恋人同士で電車に乗ってるみたいで。

異世界に転移して、いろいろと大変なことがあった。でも、悪いことだけじゃない。

ずっと、由那といっしょにいられるし。

由那の体温を肩で感じながら、いつの間にか、僕の頬が緩んでいた。

エピローグ

数百体の森クラゲが浮かぶ深い森の中に、ダークエルフの女――七魔将のカリーネが立っていた。

褐色の肌にぴんと尖った耳、瞳は金色で光沢のある黒い服を着ている。

カリーネの前にはカースト上位グループの百合香がいた。

百合香は片膝をついて、視線をカリーネに向けている。

「私に何のご用でしょうか？　カリーネ様」

「お前の元の仲間のことだ」

「……水沢優樹ですか？」

「そうだ」とカリーネは答えた。

「水沢優樹は七魔将のシャグールを殺し、我が副官のギルドールを殺した。奴のせいで我らの軍は撤退することになり、得た領土も取り返された」

カリーネの目が針のように細くなった。

「奴は危険な男だ。早めに殺しておかねば」

「危険なことは同意します。ですが、優樹は使える男です」

「極上の食い物を出せる能力か」

カリーネは首をかしげる。

「お前は何故そこまで食い物にこだわるのか？」

「カリーネ様も食べればわかります。ビッグマグドや牛丼を」

「ふむ。たしかに異界の食い物に興味がないわけではないが……」

カリーネは腕を組み、数秒間、沈黙する。

「……水沢優樹を仲間にできる手段はあるのか？」

「優樹には愛する女がいます。その女を人質に取れば、優樹は私たちの命令に従うでしょう。いえ、従うしかありません」

百合香は切れ長の目でカリーネを見つめる。

「……いいだろう。水沢優樹を仲間にできるのなら、それに越したことはない。奴の戦闘能力は七魔将に匹敵《ひってき》するだろうからな。だが……」

「わかってます。もし、優樹を仲間にできそうにない場合は、私が確実に優樹を殺します。カリーネ様にいただいた能力で」

百合香はヘビのように細く長い舌を出して、自身の唇を舐めた。

【創造魔法】を覚えて、万能で最強になりました。

クラスから追放した奴らは、そこらへんの草でも食ってろ!

モンスターデザインラフ大公開!

尻尾を除く体長が
20メートル
だから人間はこのくらい?

ジュエルドラゴン

トゲを飛ばすギミック
（繰り出し式のような感じで出てくる）
ギルドール

あとがき

読者の皆様、こんにちは。作者の久乃川あずきです。

この度は、文庫版『【創造魔法】を覚えて、万能で最強になりました。2　クラスから追放した奴らは、そこらへんの草でも食ってろ！』をお読みいただき、心より感謝します。


二巻になって、物語がどんどん動き出しました。

優樹はSランクになり、七魔将カリーネの副官ギルドールに挑《いど》みます。

そして、ヨタトの町にないレア素材を求めて、王都に向かいました。

また、クラスメイトたちにも動きがありました。

四郎は蟲の王バルズの力で強くなり、カリーネの部下になった霧人、大我、エリナ、百合香は人族と敵対する行動に出ます。

そのほか、今まで目立っていなかった恵一にも不穏《ふおん》な動きが……。

彼らが優樹と、どう関わっていくのか。三巻を楽しみにお待ちください。

最後に二巻で私が特に気に入っているモンスターを紹介します。

それは『ジュエルドラゴン』です。

色鮮《いろあざ》やかな宝石のトゲが生えたドラゴンは、すごく美しくてかっこいいです。

異世界ファンタジーの楽しみの一つは、現実にはいないモンスターと出会えることだと思っています。

その姿は挿絵《さしえ》で見ることができますし、装丁《そうてい》にもちょっとだけ登場しています。

優樹たちと戦うことになるこの『ジュエルドラゴン』。またどこかで登場させたいですね。

これからも、いろんなモンスターが出てきますので、それも是非《ぜひ》、お楽しみに。

それでは、また、三巻でお会いしましょう！

二〇二四年六月　久乃川あずき

ネットで人気爆発作品が続々文庫化！

アルファライト文庫 大好評発売中!!

転生して付与された〈錬金術師〉〈支援魔術師〉は
異世界最弱職!?
でも待てよ、この職業……
育成次第で最強になれるかも!?

不遇職とバカにされましたが、実際はそれほど悪くありません？ 1～6

1～6巻 好評発売中!

カタナヅキ KATANADUKI　illustration しゅがお

もふもふを仲間にし、オリジナル技を考案！
不遇職の俺、意外と異世界生活を満喫中!?

0歳の赤ちゃんの状態で異世界転生することになった青年、レイト。王家の跡取りとして生を受けた彼だったが、生まれながらにして持っていた職業「支援魔術師」「錬金術師」が異世界最弱の不遇職だったため、追放されることになってしまう。そんな逆境にもめげず、鍛錬を重ねる日々を送る中で、彼はある事実に気付く……。最弱職からの異世界逆転ファンタジー、待望の文庫化！

文庫判 6巻：定価770円（10％税込）/1巻～5巻：定価671円（10％税込）

アルファライト文庫

この作品に対する皆様のご意見・ご感想をお待ちしております。

おハガキ・お手紙は以下の宛先にお送りください。

【宛先】

〒150-6019 東京都渋谷区恵比寿 4-20-3 恵比寿ｶﾞｰﾃﾞﾝﾌﾟﾚｲｽﾀﾜｰ 19F
（株）アルファポリス　書籍感想係

メールフォームでのご意見・ご感想は右のＱＲコードから、
あるいは以下のワードで検索をかけてください。

アルファポリス　書籍の感想　検索

ご感想はこちらから

本書は、2022 年 4 月当社より単行本として
刊行されたものを文庫化したものです。

【創造《そうぞう》魔法《まほう》】を覚《おぼ》えて、万能《ばんのう》で最強《さいきょう》になりました。 2

クラスから追放《ついほう》した奴《やつ》らは、そこらへんの草《くさ》でも食《く》ってろ！

久乃川あずき（くのかわあずき）

2024年 6月 30日初版発行

文庫編集－中野大樹／宮田可南子
編集長－太田鉄平
発行者－梶本雄介
発行所－株式会社アルファポリス
〒150-6019東京都渋谷区恵比寿4-20-3恵比寿ガーデンプレイスタワー19F
TEL 03-6277-1601（営業） 03-6277-1602（編集）
URL https://www.alphapolis.co.jp/
発売元－株式会社星雲社（共同出版社・流通責任出版社）
〒112-0005東京都文京区水道1-3-30
TEL 03-3868-3275
装丁・本文イラスト－東上文
文庫デザイン—AFTERGLOW
（レーベルフォーマットデザイン－ansyyqdesign）
印刷－中央精版印刷株式会社

価格はカバーに表示されてあります。

落丁乱丁の場合はアルファポリスまでご連絡ください。

送料は小社負担でお取り替えします。


ISBN978-4-434-34028-4 C0193